執筆的欲望

席慕蓉

獻給

巴岱先生
賀希格陶克陶教授
寶音達賴牧馬人

以我深深的敬意與感激

四、失而復得的記憶

五、原鄉的課堂

〈附錄〉訪談錄

這是2007年夏天在內蒙古鄂爾多斯伊金霍洛的成
吉思可汗陵所拍攝的相片,攝影者是朵日娜。

我身上穿的是2005年夏天去新疆溫泉縣拜訪時,
當地鄉親送我的袍子。

在新疆北部,有許多鄉親是三百年前被滿清政府
強行從故鄉察哈爾部遷到新疆來戍邊的。表面
是為國防,其實還含有分散察哈爾部的私心,在
遙遠的地方成立了博爾塔拉蒙古自治州。所以,
我就是遠道前來探親的「我們的姑娘」了,怎麼
也得給她做一件蒙古袍子吧。因此,在不同的地
方,我一共收到了三件衣裳。

奇怪的是,從來沒見過我,新做的袍子卻完全合
身,幾乎等於「量身訂做」似的,舒服又合適。
我於是帶著它在成陵再穿了起來,心中覺得溫
暖。

〈代序〉
執筆的欲望

一生　或許只是幾頁
不斷在修改與謄抄著的詩稿
從青絲改到白髮　有人
還在燈下

這執筆的欲望　從何生成
其實不容易回答
我只知道
絕非來自眼前的肉身
有沒有可能
是盤踞在內難以窺視的某一個
無邪又熱烈的靈魂
冀望　藉文字而留存？

是隱藏　也是釋放
為那一路行來
頻頻撿拾入懷的記憶芳香
是癡狂　並且神傷
為那許多曾經擦肩而過　之後
就再也不會重逢的光影圖像

是隱約的呼喚
是永遠伴隨著追悔的背叛
是絕美的誘惑　同時不也是那
絕對無力改變的承諾？

如暗夜裡的飛蛾不得不趨向燭火
就此急急奔赴向前
頭也不回的　我們的一生啊
請問
還能有些什麼不一樣的解說？

今夜　窗裡窗外
宇宙依然在不停地消蝕崩壞
這執筆的欲望　究竟
從何而來？
為什麼　有人
有人在燈下
還遲遲不肯離開？

　　　　　　　　　　　　——2009・1・7

青銅小件,橫只有三公分,直四公分。底部的圓
座中空。應該只是一隻小鴨或小鳥,極小,但眼
神清澈,恍如舊日時光仍在。應是觶的上端。

　　　　　——春秋晚期到戰國早期。

一、昨日

漫漫長夜

　　詩人陳克華2018年出版的《詩想》，其中有一段談到初民的渡海，他說：

　　「原始人操著簡單的舟槳遠渡重洋，
　　用臀部感知洋流的方向，
　　以耳朵聆聽星光，以皮膚呼吸海風。
　　這便是詩最真實的源頭。」

　　這使我想到屬於舊石器時代早期的那些個漫漫長夜，最初最早的辰光，語言是否還在被緊密埋藏，在等待醞釀？

　　是在哪一種芳香哪一陣痛楚襲來之時的突發的渴望？萬般熱切，渴望訴說，渴望分享，渴望能從身體裡不知有多深的深淵中打撈出那潛伏已久的機鋒和詞語，好來在黎明的光照中互相致意。滔滔不絕啊！萬分喜悅！

　　那時，想必有許多艘獨木舟是用山間的樺樹皮製造的。那時，巨大的大興安嶺才剛剛睡醒，白樺林漫山遍野直直地往高裡長，細碎的葉片在風裡簌簌作響閃閃發光。堅韌又柔軟的樹皮可以削到極薄，可以卷曲，可以環繞，彷彿也是一層有溫度的皮膚。那時，舟子之中想必也有鄂溫克獵人的遠祖，在世代謹記的

傳說裡，就記述著那一次的別離：

　　那時，族中有支往北遷徙的隊伍沿著海岸走到陸地的盡頭。海岸在此形成三角形，最北端的陸地像個箭頭似地往前直伸出去，海水緩緩地圍繞過來，那摺痕就像一把弓。眾人在此猶疑不定了，要何去何從？

　　前面好像只有兩個選擇，一是繼續沿著海岸折轉往西前行，一是轉過身再往來時路走回去。不過，在族中薩滿夜間的夢境裡，還有另一種抉擇，那就是面對海洋，渡向彼岸。

　　是的，在薩滿的夢中，有位鬚髮皆白的老人夜夜前來，他說：「這可是弓與箭俱在的海岸啊！從這裡出發，渡海的你們將如這滿弓上射出的箭，瞬間即會抵達彼岸。去吧！去吧！一路平安。」

　　鄂溫克人並不懼怕海洋，他們嫻熟泅泳。也紮過木排，造過大船，更精於獨木舟的製作。只是，如今這抉擇非比尋常，是從此就要與原鄉永別了嗎？

　　薩滿願意給大家再一個晚上的時間。他吩咐各人依照心中願望來決定睡眠時的方向，並祝大家一夜好眠。

　　果然，當黎明的海風吹拂之時，不管是頭朝著大海，或是頭朝著家鄉，這兩群心意已定的人都還在沉睡，睡得像嬰兒般安詳。

　　薩滿俯身將他們一一喚醒，然後他說：「讓我們分手吧。」

「讓我們分手吧。」站在古老的傳說裡，薩滿向留在岸上的人依依告別：「謝謝大家的同心協力，現在，一切都準備妥當了。今天，我要領著朝向大海睡的人渡過海洋，同時也祝福朝向老家睡的人早日回到家鄉。請記住，夢中的老人告訴了我，對岸是一處美好的地方。或許，有一天你們會來尋找我們，請記住，它的名字叫做『阿拉希加』，是的，我們恆久等待你⋯⋯」

　　今天，如果我們去到阿拉斯加，將會在博物館裡見到薩滿傳下的神鼓和他的薩滿服。在篝火旁有年輕的薩滿誦唱著古老的讚歌，還有更年輕的孩子們在歡聲應和：等待你，等待你⋯⋯是的，在鄂溫克的語言裡，「阿拉斯加」的意思就是「等待你」。

　　註：薩滿的夢與啟示，來自《鄂溫克史稿》烏熱爾圖編著，內蒙古文化出版社，2007年12月初版。

註記

> …… 當然　疼痛總是在的
> 任何時空　詩成之後才襲來的那種悲傷
> 一如那些細碎的波光　閃亮
> 從遙不可及的遠方
> 總是會讓我微微地恍惚回眸
>
> ——摘自〈時光刺繡〉一詩

　　在寫詩的時候，雖然也會反覆修改，但是，在「詩」與「我」之間，很少會有他者立足之地。這個「他者」，有時甚至會包括了我自己比較膽怯的阻止或者建議在內。

　　也就是說，寫詩之時的那個自己，擁有一個特別執拗的靈魂，並不肯與平日生活裡的那個席慕蓉同進退。

　　就譬如，平日裡的我，過日子的態度比較鬆散，並沒有一個行事曆在旁按表操課。最多是在牆上的月曆表面畫些圈圈，提醒自己哪天要出門而已。

　　但是，令我驚訝的是，除非極少數的例外，只記了年分而已。原來我從年少時開始，在每一首詩寫成的時候，就已經養成註記下年、月、日的習慣，彷彿是極為慎重的記號。

　　也因此，幾十年的時光，就以詩後那一條精確的年、月、日的註記而留存了下來。有時候，甚至還有「深夜」或者「凌晨」

15

這樣更為確切的時段說明，多年之後的我，在翻讀之時不禁莞爾，那個固執的人，我真是拿她沒辦法。

　　我一向是個散漫的人，可是，為什麼，住在我心裡的那個她，卻總是想要留下那些清清楚楚的時光註記呢？

空間

像這樣　我們終於發現了真相
原來空間的廣大　才是
博物館的精華
包括威嚴與瑰麗
都需要　一段表演和展示的距離

　　　　　　　　　——摘自〈光陰幾行〉一詩。

西元2000年的時候，在上海博物館，參觀「內蒙古文物考古精品展」。

其中有一尊春秋時代的「立獸口青銅盨」，既古老又現代，美又獨特！在長柱形的基座上，托著圓形的淺盤，淺盤的邊沿鑄有十一個身形相似的動物（不能指認是虎還是馬），向著同一個方向，因而就構成了一個彷彿在淺盤的邊沿不斷行走的環狀動態。燈光照下來，動物的身影投射到盤面上，會讓我們覺得這尊青銅器皿好像是在舞臺的正中央一樣，除了它，其他的展品全都隱身不見了，真是光采爛漫，魅力四射！我當下就拿起4B的鉛筆畫了一張速寫。

後來，不記得是不是2003年了，和內蒙古博物院的護和去寧城，參觀寧城博物館。我都忘了有些什麼展品，忽然想起在上海

看過的那尊「立獸口青銅甌」，應該是1996年在寧城甸子鄉小黑石溝出土的，不知道在不在這個博物館裡？我隨口問了一下，沒想到旁邊的護和也就隨手指了一下，說：

「不是就在這兒嗎？」

在什麼地方？我放眼四顧，好像還在想著尋找一處光芒四射的舞臺，一處耀眼的展示。

但是，順著護和手指的方向，我只看到一個擺滿了東西，好像是儲物櫃那樣的玻璃櫃子，應該是分了上、中、下三層。我心中那獨一無二的珍品就擠在中層的右邊角落裡，輪廓黯淡，無光無采也無神。身形也明顯小了許多，完全不是當年初見它時的模樣了。

護和看到我驚詫的表情，他說：「人家是在休息呢。你知道，沒輪到去展覽的，就差不多都是這個樣子。」

當然，寶物仍是難得的寶物。不過，少了空間，少了舞臺燈光，少了那一種奇妙的氛圍來烘托，它好像就把自己封閉起來，真的是在休眠了。

追思

克華：

在青海詩歌節上遇見H，他說你原本也會來的。知道了你遭逢與父親的離別，心中不禁為你感到傷痛。

回來後，讀到你的〈火葬〉一詩，如匕首一般直刺我的胸懷，想到自己的父親。

由於父親是在德國波昂辭世，一個文化有一個文化的規矩。我向當地的殯儀館詢問，在父親喪禮之後，火葬時親人可否出席？竟被他們以不可思議的驚愕表情以及隨後的極有禮貌的微笑拒絕。只告訴我，第二天的火葬會在午前11點鐘進行。

第二天上午我必須去波昂市中心辦事。從一間旅行社出來，再匆匆路過他們的公共汽車站的時候，忽然發現自己是和車站上豎立的圓形大鐘正面相對，時鐘的指針正好不偏不倚地指在11點正的位置，白底黑字的鐘面如此清晰如此完整，彷彿是上天傳給我的訊息，讓我得以在擁擠的人世間，與父親的形體默默告別。

在與父親相聚的最後九年時間，我曾經許多次穿越過這一處露天的車站。在一排又一排候車的市民之間，尋找自己要搭乘的公車所屬的月臺，卻從來都對這座大鐘視若無睹。

而在這最後的離別時刻，究竟是什麼樣的力量把我帶到路邊，再讓我停下腳步，抬起頭來，然後，終於開始與它遙相對望了呢？

　　是的，克華，我是想告訴你：你可以悲傷，但是也要相信，相信父親對你的愛長在，永遠不會離開。

　　祝福

慕蓉於2015年8月18日

困惑

今天，2015年12月24日的下午，在故宮博物院二樓來回尋找那一匹棗騮馬的我，可真是一個充滿了困惑的人了。

是的，是聖誕前夕，我想送自己一件聖誕禮物，就是再去故宮博物院的二樓，再拜訪一次那匹畫中之馬。

我得抓緊時間，因為，再有十天吧，這次的「神筆丹青──郎世寧來華三百年特展」就要撤展了。

牠的毛色應該算是「棗騮馬」。但是由於身上與腿部有白色的區塊，所以被乾隆賜名為「雪點鵰」。牠被科爾沁的郡王進貢給宮裡的那年是乾隆8年（西元1743年），畫作完成也在同年。據說是乾隆希望畫出十匹貢馬幾乎等身的相同尺寸，所以畫幅巨大。

巨大的畫幅掛在故宮特意改裝過的展示櫃裡。第一次是和內蒙古的詩人恩克哈達一起來的，真是一見傾心。就坐在對面牆邊的長條木凳上，久久凝視，輕聲交談，怎麼也不捨得離開。

那年郎世寧是五十六歲，正是身心與眼力都在巔峰之時。馬身的渾圓飽滿，毛色的光澤變化，最厲害的是好像連馬的內在情緒都微妙地呈現出來了。

恩克哈達說：「我覺得牠好像要對我說話，說牠想家。」

2015年離1743年有272年，兩百多年前的東蒙古科爾沁草原應該有多豐饒！恩克哈達說，草原上牧草種類可以到六百多種以

上，有各種不同的營養。這匹「雪點鵰」尾巴上的毛都長得又厚又長，真是得到了充分的牧草和細心的照料，才能如此完美。

這幾年在故宮的商店裡只看到牠的印刷品，從沒見過原畫。而此刻真蹟就在眼前，在巨大的畫幅裡，在故意留白的背景前，這匹「雪點鵰」幾乎是呼之欲出。

詩人回去之後，北京的一位蒙古朋友H，又陪我來看了一次，也是戀戀不捨地離開。

一直想再來的，今天終於有空，還給我找到了停車位，所以滿懷欣喜地直奔二樓，「雪點鵰」卻不見了。

我沒有記展覽室的號碼，只是跟著記憶裡的方位走過去，看見的竟是一匹陌生的灰馬。

當時的想法是走錯了展場，應該是在相反的方向吧。於是，急急往另外一邊走去。那轉身的速度之快，不像是在看展覽的人，而像是趕火車的人了。但是，另外一邊是陶瓷展。那麼，再來轉巡一圈？

轉了三圈，始終找不到我心心念念的「雪點鵰」。一個困惑的人，用一顆困惑的心在辦認著自己此刻的處境。終於去詢問了故宮的接待人員，才知道就是在同一處展示櫃裡，「雪點鵰」已經撤下，如今展出的是「如意驄」。

當然，如意驄本身也有牠特殊的身世，也值得細賞。

可是我的驚愕與沮喪讓自己意識到，今天，在聖誕前夕，我的原意並不是來看畫展的，我只是想來看一匹馬。牠站在巨大的畫幅之中，向我傳遞了所有關於兩三百年之前的草原訊息。牠，

不言不語，甚至連眼神也不與我接觸，卻如此真確地向我呈現出草原的往昔。

　　一匹多麼完美多麼寂寞的蒙古馬啊！

在戈壁

在戈壁，層層的丘陵之外，夕陽正緩緩落下，而我們十幾個人散坐在美景之前，竟不能說出一句完整的話來。

這本是多麼奢侈的遇合！

十幾位朋友之中，多的是可以筆下千言，一揮而就的才子才女。此刻同坐，一起觀看從來沒有見過的大銀幕正在上演戈壁日落，怎麼沒有人說話？

怎麼沒有人能說出一句讓我們可以好好記住的話語？

——摘自1991年7月旅途筆記

那是1991年的夏天。

在蒙古國南戈壁省的一隅，地勢稍高之處，可以遠眺，遠眺直到天的盡頭。

在一層又一層如波浪般起伏的綿長丘陵之外，渾圓的夕陽正在逐寸落下，滿天金紅橙黃的霞光也正逐分逐秒地變得黯淡；我們十幾個從臺灣結伴前來的文友，面對這一切，無人能發一語，不知如何是好。

終於，有人低聲抱怨了一句：

「真可惜，沒帶相機。」

在他身後，那個帶了相機的攝影家卻突然笑了起來，接著說：

「沒用的。放心，帶了相機也拍不出今天這種夕陽的光。」

彷彿是為他的這句話作證明，橫過天際的雲朵突然都鑲上了一層隱約的金邊，然後又重新黯淡下去……

霞光完全消失的那一刻，浩瀚的礫石灘上一片灰茫。遠方不用說了，就連近處的景物都失去了輪廓線，無法分辨層次，一片模糊。人與人之間好像是置身於沒有距離感可測的幽冥世界，連記憶好像都被海水漂洗過了一樣。

然後，慢慢地，一切又逐漸清晰起來。

是我們的眼睛開始適應了嗎？三百六十度的週邊，有些顏色又逐漸顯現。夜空的藍如此純淨，如此透明。一彎新月果真如鉤，那鉤尖是從來不曾見過的細長，銳利極了。是因為空氣的潔淨和天地的廣闊嗎？

從來不曾經驗過的時刻。

原來，在美景之後，還有更懾人心魂的美景！

無垠的夜空之下，是無垠的漠野。在天與地之間，沒有一絲雜質，沒有一根多餘的線條；今夜，唯一的主角，就是眼前這一彎纖細銳利的新月。

十幾個人看著那一彎如鉤的新月，完全不能動彈，只是保持著剛才的姿勢，也沒有人說話，就一直那樣靜靜地坐著。

現在回想起來，那時的我們，唯一的念頭唯一的想望，應該就是希望自己可以把眼前的一切靜靜地銘刻到深心之中，永不相忘吧。

日記一則

在早餐桌上讀到《聯副》上沈志方的〈砌進牆的家書〉，開始還好，但是讀到中段：

「老家的人捨不得毀棄這遠方遊子生死不明的最後家書，遂將信砌在牆中。兩岸解嚴後，父親和老家取得聯繫，么叔將封存四十多年的壁中信取出，寄來……」

四十多年的茫無音訊，其間的所有苦難與變動在此不著一字。唯有家屋還在，最小的弟弟還在。那一封在二十六歲時寫的五頁長信還在，終於可以從牆中取出，寄回給原來那個寫信的人……

我開始淚流不止。我想，越痛的事，越不能多寫一個字吧？而那位父親在孩子終於把這樣的痛寫出來時，已經離開這世間有三十年了。當孩子以猜測的語氣寫：

「七十歲的父親重讀此信應痛哭吧？」

他仍舊不肯再多加渲染，也不像我或許會寫下在那時他父親的父母應該早已不在了的等等多餘的言語。就是一直到了最後，忽然提到一生嚴肅的父親突然的溫暖動作和溫柔低沉的語氣，也

以極短的字句終篇。他寫：

「以為我仍熟睡，遂將我露在棉被外的腳塞回去，順手捏捏足底：『我們家小弟長大了……』語氣感性低沉，渾不似他，我似乎聽見，但不敢醒。」

「我似乎聽見，但不敢醒。」是整篇文章的最後兩句，但是這樣簡短的兩句九個字，卻有千鈞重，痛擊我心！遂使我做了自己很少做的事，想要寫一篇讀者投書給《聯副》。

當然仍是手寫，但寫好之後大概才下午一點多左右，不好意思直接找主編宇文正，就打家中座機給聯合報轉副刊。一位年輕的編輯接了，（聽聲音真是年輕啊！）我向她報上名字，說我想傳一篇讀後感過去，請問他們的傳真機還是多年前的那個號碼嗎？我只是想確認一下而已，沒想到她的回答讓我認清現實，忍不住大笑了起來，她是說：

「我們好像是有個傳真機，但是不知道還能不能用了？」

哎呀呀！席慕蓉啊！妳家裡的傳真機是妳兒子又給妳新換的一臺，是為了妳可以在家中影印稿件，偶爾與少數幾個機構通訊一下，妳就以為這個世界處處都還在與妳同步而行嗎？

幸好幸好！凱兒也教會了我如何用手機來傳簡訊，事情就解決了。三百多字的讀後感，終於傳給了主編，由宇文正來看情形

刊登了。

　　心願已了，下午也就這樣忙忙亂亂地過去。在新世紀裡混著日子的我，驚險過關，也是要靠著朋友的善意相助啊！

週四　淡水　陰雨

2020年3月5日

瞬間

（一）

　　剛從香港轉到臺灣那年，我讀初二，住在廈門街底。有一天和母親去遙遠的三張犁看房子。回程時三輪車經過和平東路一段的師範大學，母親忽然側過頭來用很輕很輕的聲音對我說：

　　「我希望你們姊妹將來都讀這所大學，那該多好。」

　　我到今天都不明白母親為什麼把聲音放得那麼輕，那麼低？是因為太過奢侈美好的願望，就不能太張揚，不能讓這個世界過早地聽到嗎？

　　那天天色已近傍晚，樸素莊嚴的大學就在道路的左側，深灰色的校名浮雕在淺灰色的門廊高處，好像離我極為遙遠，所以我也沒敢應聲。

　　後來我也學著母親，一旦有了什麼奢侈美好的願望，如果真的希望它能實現，就只敢輕聲地、低低地說出來……

（二）

　　大學三年級，在新北投的家裡開始認真複習我剛學會的法文短句。老師說不要怕，最好大聲地唸出來，多唸幾次，就會比較順。其實也就是第一課第一頁的幾句對話而已：

29

「這是什麼？」「是張椅子。」

「這是什麼？」「是支鋼筆。」

爸媽就在隔壁房間，卻忽然變得出奇地靜默。我一面繼續大聲朗讀，一面領會到他們兩位可能正在抿著嘴偷笑，笑我那奇怪又生硬的發音吧。

我也想笑了，可是又有點生氣。這可是我的前途我的理想哪！你們的女兒正在努力向著理想邁步，不要笑她了，好嗎？

窗外的院子邊上，流水的聲音好像也變得安靜了，好傢伙，它也在偷笑嗎？

我把書往桌上一拋，轉身走進隔壁，果然，爸媽兩人雖然都假裝若無其事地看著我，可是，他們的臉色紅潤，眼神發亮，是剛剛笑過的樣子，怎麼也不能否認了……

時光荏苒，親愛的父母早已先後離世，只有這個午後的瞬間，卻常常會回來找我。

此刻的收穫

（一）

　　我知道自己不夠敏銳，在很多事情上，我都是那個「後知後覺」的人。這當然是缺點，也是在學習生涯上的遺憾。

　　可是為什麼在此刻，在時光已垂垂老去的後段班裡，我卻忽然開始懂了？

　　我想要說的是，為什麼生命中的許多啟發等了這麼久，現在才在已是七老八十的我的身上開始明晰地發生了作用？

　　這學習之樂，原來是在此時此地等待著我。而且因為是很遲很晚了之後才發生的，竟然讓我產生了一種近乎「竊喜」的感覺。

　　必須聲明的是：我依舊是個簡單的人，並沒有因為新得來的知識而變得複雜或者精明。並且這追求得來的知識不是用來改變我自己，也不是要去和他人比較甚至計較。不是的，它都是只為了自己的愉悅而已。

　　懂了之後，心中彷彿擁有一層又一層的難以言說的「竊喜」，這世界原來是這樣豐富。這樣百轉千迴，又這樣因為無數的偶然而得以相遇相聚……

　　我喜歡這個時候的自己。

（二）

　　讀到一首好詩時的狂喜感，一生都享用不盡，那真是令我感激又羨慕的才情啊！

　　不過，在羨慕別人之餘，要怎麼讓自己的詩可以稍稍求得進步呢？我怎麼也想不出一種可以按部就班走下去的直路。

　　詩，應該不是我說要訓練就可以訓練的吧？更絕對不是一個陌生人走過來出幾個題目就可以讓你進步的。可是又確實是有些關口、有些因素甚至是不明的元素漂浮在其中，怎麼說呢？詩，究竟要如何定位？如何解釋？

　　這麼多年說不清楚的「什麼」，反而是在昨天和慈兒在閒談的時候，被她說出來了，她說：

　　「詩，是它自己。」

　　自幼修習鋼琴的我的女兒，寒假回來探親。我們聊到這個題目的時候她說了剛才那句話。注意到我的反應，於是，坐在我對面的她，再安安靜靜地又補充了幾句：

　　「媽媽，我們在演奏的時候，能夠很清楚地感覺到，如果演奏者彈得好的話，音樂本身的力量會穿透演奏者，由它自己以最純粹的方式顯現出來。詩也是，是它自己。」

　　昨天是2019年的12月18日，中午。我想記下這一刻。

青銅小件，最小的橫只有三公分，高兩公分。底
部壓平。應是觽的上端，與下端的圓柱體脫落。

——西周晚期到春秋早期

二、朋友

謝函

簡志忠：

　　第一眼看到《英雄時代》新書，高興極了！封面極有氣勢！
那麼小的三十二開本的面積，鳳剛卻讓它成為一處無限深遠又深
沉的空間，襯底的深藍色，讓整本書有了一種莊嚴的重量感，真
是厲害！

　　今天終於可以坐下來細細讀完全書，原本是很興奮地要來寫
信給你，告訴出版者，這本書超出我的想望。我覺得自己寫得還
算可以，應該說是沒有辜負圓神給我的幫助和支持。可是，卻在
讀到最後的〈大霧〉那首詩的時候開始哭了起來，是一種大慟，
哭得無法抑止……

　　你知道嗎？簡志忠，開始把這篇〈大霧〉放進《英雄時代》
的附錄時，我還有點猶疑，覺得有點「自我標榜」的意圖。（如
你所言，我總是在不停地審查自己）。而今天晚上，就在痛哭的
時候，我才明白，這是我等待了多少年才得到的一本書。我其實
是以這本連書中的攝影都是去實地攝取的跋涉，來向我的「漂泊
流離夢想成空」的雙親顯示，他們這一個從小「生在漢地不識母
語不知根源」的孩子，終於見到根源，走進根源，並且努力寫出
自己的根源了。

　　其實，在《七里香》這第一本詩集中就有八首與原鄉有關的

詩，可是沒有站在那座高原大地之上，心中沒有依恃。唯一的依恃來自父母。所以，在這第九本詩集中放進了〈大霧〉這首詩是必要的。我不需要再審查自己了，我是實實在在誠心誠意地用一生的想望寫出了這一本《英雄時代》，而謝謝你，簡志忠，謝謝你給了我如此溫暖的支持，讓這本《英雄時代》以如此慎重的方式出版。謝謝你！！

慕蓉於2020年12月4日
凌晨0:41

又及：

遇到周末，信沒來得及寄出，剛好可以再說幾句。

當然，在寫《七里香》的時候，絕對不知道會有一本《英雄時代》。即使後來已經見到高原了，也不能預見自己可以走了這麼多次。（奢侈啊！有許多地方甚至是一去再去到有六、七次或者甚至七、八次之多！）而拍下的相片，從負片、幻燈片到記憶卡到手機，累積到此刻，竟然剛好有幾張可以放進詩集中做為貼切的插圖，也不是從開始就擬定的計畫！

所以，怎麼回事？要怎麼說？這當然是我一生和一心的想望，可是，如果沒有一本再一本詩集的慢慢進展，沒有圓神三十年來的支援和支持，沒有你，是的，簡志忠，沒有你其實是隱藏著的關心和督促，我應該是不會得到這樣的一本《英雄時代》

的。

在創作上，沒有什麼成績是可以超前料想或者預知的。所以我在前面信中所寫的「等待了多少年才得到的一本書」這句話不完全正確，需要補充。

「長期的等待」是可能的，但等待怎麼樣的「一本書」？則是完全無法確定。如果不是這樣的合作關係（是出版者不動聲色的關心和督促），我不見得可以一直創作下去。我記得好幾年前你曾經對我說過：「我們可以很久都沒有你的消息。不過我知道你在寫。然後過了幾年，你就會帶著一本新書出現了。」

就是像這樣的幾年又幾年，一本又一本地慢慢走過來，才讓我沒有離開深藏在心底，自幼就不自覺地想望著的這條正道，這條走進根源的大路。所以，圓神是以超過三十年的時間，以如此從容甚至是縱容的合作方式，讓我得到《英雄時代》這本書的。

所以，《英雄時代》是從最早的那本《在那遙遠的地方》開始，由作者和出版者合作，一步步慢慢成形，然後共同完成的，已經超過三十年了！

是從一步步的前行之中，我得以將回到原鄉後的遇見和發現慢慢寫出來並且得以發表得以成書。而在這本英雄敘事詩集之中得以向漢文世界的讀者呈現許多從未在漢文的教育系統裡提及的歷史真相：譬如木華黎的後代千年的身世，譬如賀希格陶克陶老師所揭露的關於準噶爾汗國的可汗噶爾丹真正的陵寢是在阿爾泰深山之中，等等。如果不是圓神這麼多年來給我的支持和鼓勵，應該是不會有這樣的一本書出現的。

這本書對我的重要不在於文筆如何？或者構想如何？而是在於努力呈現了以蒙古人的角度所見所知的歷史面貌，並且有幸遇見了一些歷史真相！

　　如果沒有圓神的支持，《英雄時代》不可能成書。我真的明白這樣的合作有多難得，所以我才敢把這本書的特殊之處向你一一說明，（這和我從前的「謙虛」完全不一樣了，是不是？）

　　是的，在這本書裡沒有「席慕蓉」這個個人的存在。她進入了自己的根源所屬的群體之中，所以她不可以謙虛，不可以退縮，更不可以膽怯……

　　此刻，她要謝謝你，簡志忠，她相信你可以了解，在你的幫助之下，這個席慕蓉今天終於尋找到她長久所缺乏的自信心了。

　　謝謝你！！她要深深地向你道謝！！！

2020年12月6日下午4:23

一封直白的信

懷民：

10月17日晚間我有奇遇。原因當然是因為時間越過越快，雜事洶湧而至，我有些力不從心的恍惚和錯亂造成的。

雲門的朋友早早寄來17日的入場券，恍惚的我沒仔細分辨，錯認緊貼著的兩張門票為一張！就放在書架上一處醒目的地方沒再動它。一直到17號傍晚，宏仁的計程車已經到了家門口的時候，我才匆匆伸手取下來，然後才猛省不是每次都會寄兩張的嗎？

果然，稍加用力之後，一張入場券就在我手中變成兩張！什麼都來不及了！懷著驚惶愧疚的心情坐上計程車，報了地名之後忍不住就向前座的駕駛說出我的遭遇，我說多可惜白白浪費一張珍貴的入場券！現在要送給哪個朋友都來不及了。

宏仁的車是我們認識了多少年的車行，所以上車交談是很自然的事，開始我只說出自己沒頭沒腦的遺憾，駕駛也沒認真答話。等我又說是雲門的演出時，他忽然大聲地對我說：「唉呀！我知道，今天是林懷民退休前的告別演出啊！」

然後他就說他在宏仁的八里排班站時，最早就有同事告訴他，他有可能可以遇到林懷民。他又說，第一次載到你時，他問你：「是不是林懷民？」你回答他說：「不是！我是林懷民的哥

哥。」

　　我想替你解釋，我說你可能那天太累了，不想說話。這位駕駛卻很愉快地告訴我，其實你們在初次的問答之後，卻開始一場很熱鬧的交談。他又說：「當然，不是每次都能這樣，有時候他在途中都接到不少電話要談正事，我也不會打擾他。」

　　說到這裡，我就問他了，問他今天有沒有意願去看雲門？這張票可以送他。一開始他很興奮，說「好！」但是接著忽然想到自己穿著的上衣還可以（一件長袖襯衫），但是下身是一條運動褲太沒禮貌，恐怕不應該這樣去戲劇院，還是算了吧。

　　我也知道不可以這樣勉強他人，就說沒關係，我會到現場問有沒有人需要這張門票？然後我們就繼續以你為主題再交談下去。這時，車子已從我家的山腰開到淡水新市鎮附近了，這位駕駛忽然問我：「現在時間還來得及，你可不可以等我一下？我家就在附近，我回家去拿一條長褲下來，到臺北再換，好嗎？」

　　怎麼會不好呢？我太高興了！於是，他加速把車子開到他家大樓下的停車場，然後就跑走了。我沒看到電梯在何處，也不知他家住幾樓，但他再奔跑回來時只稍稍有一點喘。我已知他也姓林，於是問他有幾歲了？他說：「四十七。」

　　所以，一切妥當，我們去臺北的路上就讓我更多知道一些雲門給這位宏仁的駕駛的感動。他說雲門會在演出前先送幾十張入場券給宏仁，做為謝謝宏仁給雲門的照顧。然後他又說，有次載到一位遠從臺中還是彰化的女子來看當晚雲門的演出。這位駕駛林先生心裡就想，人家可以遠路迢迢都跑來看雲門，我住得這麼

近，為什麼不去呢？於是，第二天就自己買票進去觀賞了。

還有一次載些年輕人去淡水的雲門，路上交談時，林先生說他等一下把車停好也會進去。年輕的乘客不怎麼相信他。所以後來在裡面看見他時非常高興。

車子抵達戲劇院時，他先放我下車，本來就準備進入停車場的，但是後來他告訴我近處的停車場已滿，幸好他熟悉附近環境，於是停去另外一處，但那裡規定晚上十點會關閉，他想應該來得及。

所以，一位穿著整齊的男士就坐在我旁邊觀賞了整場的演出，中間有時還交換心得。到演出完畢開始討論的時候已接近9:40，這位林先生於是先離場去牽車。原本他交代我可以放心聽完討論再去找他，他會在我先前下車的地方等我一起回淡水，多晚也沒關係。

但是，我坐在場內，發現自己不像上次那樣可以清楚聆聽了。應該不是主持人聲音小，而是我的聽覺在一年年地退化。想一想，還是走吧。省得讓那位林先生久等，只好向臺上的林先生抱歉了。

懷民，說了這麼多是有原因的。在來看這場演出的前幾天，我一直想著齊邦媛老師所說的「做了」和「沒有做」的分別。在雲門身上是這麼明顯！而一切的開始只緣於你一個人。

是的，原先的我，只想到是你一個人的「做了」（而不是「沒有做」），才能讓這個世界認識了臺灣的舞蹈，以及其中所蘊含的無窮的力量。

可是，經由這個晚上的奇遇，讓我發現雲門以臺灣為主題向世界展現的這個「做了」之外，你還有更溫暖和更積極的向臺灣這個社會舖展開來的「做了」。而這樣的可以稱之為「全民教育」的舖展，有多深，有多厚，又有多久啊！

　　「全民教育」這個名詞用在這個地方有點冷硬，或許應該有更好的說法來形容雲門的影響，我一時找不到。也許早已有很多人知道你對這個島嶼內在的影響，我知道的不夠全面也不夠深入。不過，這個晚上對我的觸動非說出來不可，尤其是要說給你聽。

　　請別誤會，我雖然用的是稿紙（因為寫慣了），但不是要去投稿，我只想寫給你，寫給你一封直白的信，直陳我的驚嘆和感動。

　　你知道嗎？在回程的車上，林先生的感動也是看得見的，他很興奮地和我交換觀賞心得（他不真正認識我，載過我一兩次知道我有時去演講，是個退休的老師）我們都特別喜歡《秋水》和《乘法》。（在當晚我有點生《12》的氣，我覺得編舞者有點太傲慢。除了特別喜歡每個退場者最後站起來在光線的分層中消失所帶來的難以形容的美感之外，我其實還希望他能給我們更多，所以結束時真的有點生氣。）不過後來我想或者這就是他要給我們的「無奈」？誰能向一生要求更多呢？

　　你的《秋水》是安靜的移動，或是挪移？挪與移？絕美的無奈！送君千里，終須一別的無奈？（對不起，夜深了，越寫越亂）整個人生都必須面對的無奈的絕美（還是應該說是絕美的無

奈?)因而,挪與移以繁複的層疊不斷顯現又隱沒,幾乎無止無盡,而我們對一生的要求也再不可能更多了。

《乘法》以光影取勝。我甚至認為靜立不動時比舞者的動態更誘人。是我誤讀嗎?整場演出的三個主題其實都是在展現生命的流動,在靜謐的時光背後那從不肯停歇的流動。我們還能向這一生要求什麼?

謝謝雲門,謝謝林懷民,謝謝陶冶,謝謝鄭宗龍,謝謝所有的舞者。

夜深了,就寫到此。懷民,請接受我真心誠意但是極其紊亂的告白。

慕蓉2019‧10‧29午夜前

註:這封信留了底稿,原先真的只是寫給林懷民的一封信。兩年多之後再看,覺得發表也還是可以的。

給向陽的信

向陽：

一直覺得，我還欠你一次深深的致謝。

十號的下午，聽到你說你偏愛去探索邊緣甚至邊陲的世界裡，詩人如何發言，我心中百感交集。真的，就在眼前的世界已經極度忙迫和擁擠了，一般的人實在沒有力也沒有心再往更遠處去尋索，只有心懷俠情的詩人，才可能勉力而為之。

你做到了，我卻遠遠不及。

我之所以想要為內蒙古發言，只是我的私心，因為草原是我族人的原鄉。若是沒有血脈上的牽繫，我會關心嗎？

我相信我恐怕不會像此刻這樣投入的。

這就是我與你大大不同之處了。所以，心中其實很有幾分慚愧的。

謝謝你給我這自省的機會。

所以我其實不能指責他人的冷漠，因為讓我去寫這樣的詩只是緣於命運的安排使然，並非如你那樣百般去尋索的俠情。

因此，要如何再去面對自己，便是此刻要多多反省的功課了。

我覺得蒙古高原於我，是一個每時每刻都在翻新的功課。

二十多年前（1989），四十多歲，以為為時已晚，其實現在

才知那時多麼年輕力壯。舟車跋涉，絲毫不以為苦，說去新疆就去新疆，說去西伯利亞就去西伯利亞，一次行程可以超過四十天，回到臺灣，或許休息半個月或者一個月，就又可以重新上路。

現在，如我在十號的晚餐桌上所言，一次最多只能停留兩個星期，就要回來了。去年夏天重回大興安嶺，秋天再訪阿拉善戈壁，每次也只能停留十幾天左右，看見的事物再強烈，筆記本上也只能匆匆留下一些短短的線索，想著回到臺灣再好好地寫出來，可是至今也還沒有動筆。

當然，我不是在訴苦，我只是警覺著理想與現實的差異已極為顯著，要如何去慢慢調整自己的步伐，是種考驗。

《臺灣詩選》給我的鼓勵是很大的，也是我此刻極為感謝的。但是好像總是說不出比較精確的感言來。

或許，可以這樣說嗎？

我們此刻生活在臺灣，對「文學」來說應該是個非常好的世界。

就譬如我與你，以及蕭蕭、白靈、義芝和焦桐四位，我們真的可以說是超過三十年的文友，平日好像並無太多交集，但是各人在文學上的發展，卻是一直都在注意著與關心著的，又可以說是「知之甚深」了。

如方梓在十日晚上所說的，真可以說是：「君子之交」了。其淡如水而其內含卻純淨若此，我真為這樣的友情而歡欣慶幸。

或許，這才是我最大的收穫！

你看，相交超過三十年，今天晚上我才敢寫出這樣一封信來，也是這兩天在反覆思索才理出來的頭緒。

　　當然，你或許不是因為這樣的「友情」把詩獎頒給我的，可是，我卻因為發現了如此可貴的交往而想要歡呼「友情萬歲」！

　　信寫得太亂了，夜已深，明天早上如果還有勇氣，我就會寄出，魯莽之處，要請你多多原諒了。

　　祝福，問候方梓

慕蓉　2014・3・13

禮物

〈分離〉白・呼和牧奇（1959–2018）

你的眼睛
把我劈成兩半

一半朝黎明走去
一半朝黃昏走去
你站在兩者中間
喊
誰都聽不懂的詩句
但我耳若無聞
走去

向自己的時刻
或
向自己的故事
走去
不要責備
請你為我祈禱
遙

迢

路

途

人生只有兩條

我向兩頭義無反顧地

走去

　　這是哲里木盟達爾罕旗的詩人白・呼和牧奇多年前的詩，被我選在《遠處的星光》內蒙古現代詩選中的三首之一。

　　他的詩有一種隱隱的桀驁不馴之氣。我那時沒能見到他，只聽說他的蒙文以及漢文都極好。所以在這本1990年出版的詩選中，有許多其他人的詩，都是由他譯成漢文發表的。他本人在「鴻嘎魯」文藝月刊曾任編輯。

　　一直到2016還是2017年？我已記不清楚了，我終於與他見了面。

　　是在內蒙古人民出版社社長吉日木圖先生召開的會議，為了討論我的幾本書譯成蒙文的事。《蒙文課》和《追尋夢土》兩書的版權已屬內蒙古人民出版社，所以直接出漢文版本，而蒙文版由我認識已久的沙・莫日根女士翻譯。另外有一本蒙文詩選《在詩的深處》由寶音賀希格先生和朵日娜女士兩人合作翻譯，也是我多年的好友。

　　《寫給海日汗的21封信》漢文版權仍屬作家出版社，蒙文版權則歸內蒙古人民出版社，他們慎重邀請白・呼和牧奇先生翻

譯。

我知道之後非常高興，懷著興奮的心情前來。心儀已久的詩人終於出現在我面前，他給我的印象是極為嚴肅，不苟言笑，穿著非常整齊，五官瘦削而端正，像是一位歐洲的貴族般坐在位置上。甚至可以說是沒有和我交談，沉默地直到終場。

散會之後，他才過來和我握手道別，只說了一句話：「我會認真地翻譯這本書。」

我向他鞠躬道謝，匆忙中也沒向他說出我對他的詩的喜歡以及更多的感覺，沒想到這就是最後一次的機會了。

是的，這是我和他唯一的一次會面。

《寫給海日汗的21封信》譯完沒有多久，就傳來他病逝的訊息。

他遵守諾言，認真地把全書譯完。

而我竟然無法向他道謝。

然後，我想到，常有人說「翻譯」是一種再創作。那麼，《寫給海日汗的21封信》是我斷斷續續寫了六年的一本書，給內蒙古的年輕孩子，訴說我遠在天涯的心聲。

那麼，白·呼和牧奇先生在翻譯的時候，一定也感應到了。他用他的筆重新再寫一次，把我的心意更加透澈地說了出來，有什麼比這樣的合作再好的機緣呢？

我此後要做的，就是多去搜集他的作品，好好地去了解他吧。白·呼和牧奇先生留下了許多詩作，只要是用漢文寫的，或者翻譯成漢文的，就都是給我的禮物了。

爾雅時光

　　記得和曉風、愛亞，我們三個人合出了一本《三弦》的那年，是1983年的夏天，爾雅出版社才剛過了七歲生日，怎麼一轉眼，就要準備慶祝四十歲了？

　　時間當然是馳走如飛。不過，真正定下心來回看與爾雅共度的幾十年時光，感覺卻不大一樣。

　　是不是因為這些過往歲月都和書本以及文字有著關鍵，我有時是讀者，有時是作者，時間在這裡，就變得比較緩慢、綿密而且溫暖了？因為可以一再地翻讀，一再地回顧？

　　從第一本王鼎鈞的《開放的人生》，第二本琦君的《三更有夢書當枕》，一直到現在，爾雅的書架上總是不斷有好書出現，可說是水準極為穩定的出版社。

　　不過，作為出版人，隱地其實還有許多很特別的構想，譬如想要為作家們留下影像，還出了兩冊專集。

　　第一冊的《作家的影象》，攝影家是徐宏義。光是看封面上詩人余光中的影像就覺得氣勢不凡。許多位作家曾經那樣年輕，可是，他們的手勢，他們的眼神，在多年後的今日也不曾改變，這是一冊文學氣息非常強烈的攝影集，是不是就因為這「不改變」的特質？（更何況還有攝影者本身的詩意取捨。）

　　至於第二冊的《風采一周相露攝影集》，也有許多精彩的作品，可說是為臺灣近現代的文學史，留下了珍貴資料。而聽說當

時還有好幾位作家都不想參加，有人覺得沒必要，有人說年紀大了，拍起來不會好看。但是，如今回看書中第74頁的艾雯、111頁的孫如陵、114–115頁的魏子雲、124–125頁的蘇雪林、150頁的何凡、162頁的潘人木、171頁的張秀亞、187頁的杏林子、尤其是195頁的馬各，如此傳神的相片如今要去何處尋找？雖說是「沙龍照」，但是老作家的風采完全是自然顯現，攝影家與老作家都太厲害了！

另外，爾雅出版的「日記系列」，在臺灣，應該也是創舉。

由隱地自己開始，從2002年一直寫到了2010年，有郭強生、亮軒、劉森堯、席慕蓉、陳芳明、凌性傑、柯慶明和陳育虹，九個人連手接力寫了九年，一年一本，每本大約三十萬字。現在看來，也是個不算小，而且很有耐心的文學工程了。

當時爾雅對作者只提兩個要求，一是希望每天都要記，哪怕只有一句話也行。二是規定總字數不得超過三十萬字。

九本日記陸續出版之後，有許多不同的評語。不過，既是時間的記錄，真正最重要的評論者應該就是時間本身了。

我在《2006席慕蓉》這本書一開始就寫了這樣一段話：「一本在開始之前就知道會發表的日記，應該不可能是一本真正的日記。可是，以這樣的名義來逐日記錄的寫作方式，對所有愛惜羽毛的寫作者來說，也不可能是一本假造的日記。頂多，我們可以說，這是一本經過挑選之後才公開的日記吧。」

和久久才會寫一篇散文的那種心情不一樣，2006那一年，每天迎上前來的訊息就算加以挑選，也還是要匆匆記下，沒有時間

來讓自己再加琢磨。寫了半年，先出了一本，我把這從一月到六月的日記寄給曉風看，附言說：「獻上我平淡的生活」。曉風的回答是：「我略為翻了一下，大概也只能這樣了，因為它應該只是一本速寫簿，如果想深入描繪，恐怕要另外去寫一篇散文，另外去畫一張油畫才行。」

她說的完全正確。2007年，我的一整本日記出版之後，怎麼看都只能算是剛過去的這一年裡自己周遭的簡要記錄而已，乏善可陳。

奇怪的是，過了幾年（僅僅是過了幾年而已），有一次重新打開來看，讀了幾段之後，就覺得有些什麼和當年剛出版時的感覺不大一樣了。時間，是時間形構成文學上那種不可或缺的「距離」，相信這應該也是屬於美感的必要距離吧。此刻，在「已不可復得」的絕對前提下，即使是那樣平淡的日常生活，也已經被敷上了一層滄桑光影，隱約間有些令人恍惚追懷的姿態了。

這有點像是我在繪畫上常會遇到的情況。在野外寫生之時，由於時間和畫材的限制，匆匆畫下的花朵或是風景，總覺得不滿意。可是，隔了五年或者十年之後，從畫夾裡無意間翻到的這張畫稿，其實已經把握到一些神韻了。只是因為在當時的生命現場，我無論如何下筆，都會覺得有心無力，乏善可陳。但是，那真切的心意，其實還是會留在筆觸裡，留在畫紙上的。

我於是想到，另外幾位日記的作者，他們的生活絕對比我的要更為豐富，他們的所思所想絕對比我的要更有深度；所以，試想一下，如果時間的距離更長，就是說，如果是在五十年之後。

如果在五十年之後，有讀者拿到這十本日記（是的，要再加上《2012隱地》這一本），從十個三百六十五天裡的生命現場，去探索作者們當時當日的周遭世界。九個人，十本日記，不就幾乎是一個完整的文學時代？不就能真實呈現那個「已不可復得」的世界裡，對五十年後的讀者說來是頗為珍貴的線索了嗎？

　　當然，在爾雅書架上的每一本書，都是給此刻以及將來的讀者最好的禮物。只不過，這十本日記，應該算是額外訂製的現場書寫。我想向隱地建議，要不要給這個系列的十本書取一個名字就叫做《爾雅時光》？

　　畢竟，這是出於你的預見，你的構想。

紅玉米

……
就是那種紅玉米
掛著，久久地
在屋簷底下，
宣統那年的風吹著

你們永不懂得
那樣的紅玉米
它掛在那兒的姿態
和它的顏色
我底南方出生的女兒也不懂得
……

　　2015年5月23日那天，和蔣勳一起，在淡水的雲門舞集舉辦的「雲門講座——哈里路亞・壞人萬歲」朗誦瘂弦的作品。到了上面那一句我就是過不去，哽咽到難以發聲。

　　（當然，我這個生在南方的女兒從前也不能懂得我父親的草原的姿態、顏色和香氣啊！）

　　後來有一日接到瘂弦老師的越洋電話。記得，那是在我書房微暗的窗前。越過廣袤的大海洋傳過來的聲音，竟如此親近親

切。

　　瘂弦老師在電話裡是帶著笑意說的：

　　「好的詩人一定是溫暖的。你看，杜甫多溫暖啊……」

　　白髮的詩人早已停筆。不過，他說：

　　「我到今天還是在跟詩過著日子……」

　　是啊！誰能禁止我們與詩親近呢？

　　寫或者不寫，讀或者不讀，是詩人或者不是詩人；誰也妨礙不到詩的本身。

　　葉嘉瑩先生有言：

　　「詩中的字詞，往往出現在詩人自己以為的『揀選』之前。」

　　所以，是「誰」揀選了「誰」？好像還沒有辦法下個定論呢。

　　今天又去讀了那本洪範出版的封面是大紅色的《瘂弦詩集》（是紅玉米的顏色嗎？）

　　齊老師的評語說：「瘂弦有一些特質是別人沒有的。我還要尊敬他。」

　　令人尊敬的詩人也更令人想念，我應該寫信給瘂弦老師了。

永世的渴慕——寫給其楣

其楣：

今天是秋分。

時令真是奇妙，前幾天還覺得暑熱逼人，可是，從昨天開始，那涼爽的空氣就從四面八方的樹梢間施施然降下，果然，中秋都快到了，今年我們會在家裡過，你呢？

想給你寫這封信已經很久了，因為，有些事情不捨得用電話來說。在這封信裡，我想告訴你的是有關去年中秋的一些細節。

去年，和S與M兩位朋友從臺灣奔赴我母親的家鄉。中秋夜，正好在山林之間，當地的朋友開了一輛車要帶我們去山頂高處賞月。

我們的車子在山林間穿行了好一陣子，那夜的月光，果真是異乎尋常的清澈與明亮，好像把整座山林的樹影都清清楚楚地刻印在地面上了。

就在我們眼前，在山路上，那枝椏的光影橫斜，鋪在路面上，黑白分明，清晰一如白晝。不過，在稍遠的林木深處，反差逐漸變弱，有一些輕微的霧氣，正以均勻的細點，點出若隱若現的層次，景物迷離，逐漸淡出。

在我身後一直靜默著的S忽然驚呼：

「老師，這不就是你畫的那些素描嗎？」

果真是如此！

　　怪不得剛才一直覺得有些眼熟，好像那些光影緩緩變幻之處似曾相識。原來，眼前迂迴的山路，在月光下，就像是一幅又一幅我曾經放進詩集裡的插圖。

　　其楣，有可能嗎？我在那一刻所面對的，竟然是多年之前，在長夜的燈下，曾經一筆一筆細細描繪出來的夢中山林！

　　這樣的相遇，已經夠令人驚詫了，而年少時所寫的詩句，也有可能是一則預言嗎？

　　1959年的春天，年少的我曾經寫下：

……回去了　穿過那松林
林中有模糊的鹿影

　　有這種可能嗎？其楣，十幾歲時在我的心中偶然茁生的意象，在這一個月圓的夜裡，在北方的大地上，竟然成真？

　　而我是真的回來了，回到先祖的故土。

　　就在那一刻，當我們的車子穿行在北方的山林之間時，有鹿就睡臥在山路旁。

　　是的，其楣，有鹿就靜靜睡臥在山路旁，聽聞到車聲才從容站起，就在我們眼前優雅地一轉身，緩緩走入林中。那在頂上高高聳立的分岔的鹿角，那細柔的脖頸，那圓潤厚實的身軀，是多麼美麗的身影啊！

　　在那一刻，車中的我們幾乎每個人都想大聲呼叫讚嘆，卻又

都不敢發出聲音來，只怕稍一動作，就會驚擾了眼前的一切。

是的，良夜如此美好，任何的闖入者都會自覺不安而必須噤聲慢行。因為，仔細望進去，在林間，還有些模糊的鹿影，這裡那裡，或坐或立，姿態雖然各異，面孔卻都是朝著我們這個方向，從暗處向我們張望，一時之間不能決定究竟要不要逃離，於是，在這極為短促的瞬間，反而都靜止不動。

灰色的輕霧像一層層細密均勻的紗幕，在林木深處將遠遠近近的樹幹分隔成深深淺淺的層次，而在這些迷濛的背景之前，再用稍重的深灰和青藍，疊印上一叢又一叢宛如岔生的枝枒般的鹿角，鹿角之下，是更深暗些的頭與脖頸，連接著極暗沉的與剪影相似的身軀，在微呈鏽紅的灌木叢間，或坐或立，端然不動。

這是任何畫筆都難以呈現的絕美！

其楣，我親愛的朋友，在絕美的當下，我們是不是都一樣？縱使狂喜也難掩那胸懷中隱隱的疼痛？

其楣，多希望那天夜裡你也能在我身旁。你是知道我的，知道我許許多多的弱點與痛處。你也知道那一塊北方的大地，你與我的足跡曾經踏查過多麼廣闊的草原、森林、漠野與戈壁。

你應該也會同意，我在那一個月夜裡所見到的畫面，幾千年來，在北方的土地上，一定也有許多人親眼見過，並且和我有著相同的強烈的感受。

只因為，絕美的事物總是使人一見傾心，並且，在狂喜中又感受到此生將難以相忘的悵惘和痛楚。

果然，在流動的時光中，我們會一再地證實那品質的無可替

代。於是，到了最後，那念念不忘的美好，終於沁入肌膚，滲進血脈，乃至於成為整個族群生命中永不消失的渴慕了。

創作的欲望也由此生成。

其楣，原來，這就是為什麼在北方、在整個阿爾泰語系文化所衍生出來的藝術品裡，會不斷出現鹿的身影的原因了。

你看！從東到西，從蒙古高原到黑海北岸，在這片廣大的空間裡，在幾萬幾千年的時光之中，有多少多少愛慕的心靈，渴望能夠在他們的作品裡呈現出這絕美的身影！

從不可移動的巨大岩畫到隨身佩戴的細小飾牌，從玉石、青銅、金、銀、珊瑚、樺木、皮革到柔軟的緙絲，在如此多樣的材質間，總會不時出現一位工匠或者藝術家，用他那一顆熱切的心，向這世界描摹出林間的鹿影，還有那些岔生的如枝枒般分歧的高高聳立的鹿角。

其楣，我想你應該也同意，這一切一切的起源，想必也是來自如我那夜在山林間的一場相遇吧。

在月光那樣清澈明亮的故土之上，我與我的本我和初我相遇，於是明白了，那些一直都疊印在我生命裡的夢想與意象的由來。

今天晚上，在給你寫這封信的同時，其楣，我想我也領會那兩個最早最早的名字的意義。想必是因為我的族人都認定，那「勇猛、智慧、團結」和「美麗、優雅、從容」都是絕對無法替代的美好品質了吧。

因此，在我們蒙古的史書上，追溯成吉思可汗先世之時，就

特別註記下：那最初最初的男子名叫蒼狼，而那最初最初的女子，名叫美鹿。

我深深地相信，這就是一個族群內心永世的渴慕。

其楣，你同意嗎？

夜已深了，祝你一切平安。

慕蓉　2004年9月23日

生活・在他方——寫給曉風

曉風：

近日可好？

我又來找你麻煩了。

你在給鮑爾吉・原野的散文集《尋找原野》（九歌版）的序中，曾經提到過現在的我，對於朋友們來說是個麻煩。

你說，我原來只是個模模糊糊的蒙古人（因此，在這個主題上一向比較安靜？）想不到，自從在1989年夏天終於見到草原之後，從此，說起蒙古來簡直是沒完沒了，所以……

「……做為朋友，你必須忍受她的蒙古，或者，享受她的蒙古。」

曉風，你可知道，現在麻煩更是越來越大了！

怎麼辦呢？

還有許許多多想要說出來的蒙古，或者因為這個主題而引申出來的碰撞和反省，還放在我的心裡，一直找不到機會現身哩！

帶著幻燈片或是光碟去演講，總是覺得時間不夠，一個鐘頭當然太短，兩三個鐘頭也很勉強，心裡是真的著急，可是，總不能一直強占著講臺不讓聽眾回家吧？

於是，只好忍痛割愛，東切西斬的演講完畢，心裡非常懊惱，不知道該如何善後。

前一陣子，是不是「相對論」的百年紀念？反正大家一齊談論愛因斯坦。我這個被公認為「數學白痴」的門外人，東翻翻西瞧瞧，竟然被我在眾多的報導裡看見了一則從相對論裡衍生出來的說法，剛好可以解我的難題。

　　物理學家是這麼推測的，如果我們稱呼自身存在的這個宇宙是「正宇宙」的話，那麼，在某一處我們目前還不能測知的所在，一定還存在著一個「反宇宙」。在那裡，許許多多的現象和規則，都與我們的世界相反。

　　生活，在那不可知的他方，一切可能都與我們相對、相應並且恰恰相反！

　　物理學家說，但是，對於置身在那個被我們視為「反宇宙」的世界裡的生命，他們當然是認為自己才是正方，而他們的科學家在解說的時候，也必然會把我們的存在，視為「反宇宙」的。

　　無論誰正誰反，物理學家又說，當這兩個宇宙終於相遇之時，就會互相碰撞，然後所有的質量都會在碰撞的時候消失，又在那消失的瞬間全部轉成能量。

　　目前，科學家們已經找到了好幾種「粒子」的「反粒子」，雖然還不能證明那個巨大的「反宇宙」的存在，但是，我們確實都已經見到，當帶著負電的「電子」與它的反粒子「正子」相遇之時，兩方的質量都會在碰撞之際消失而成為光。

　　曉風，這是多麼美麗和驚人的現象！

　　你覺得我可以把它挪用到演講裡來嗎？

如果，我能把「偏見」比喻為我們堅持只有自己才是正方的本位主義所引起的話，那麼，當兩種極為不同的文化正面相遇的時候，必然會產生碰撞。從前的我，對碰撞總是含有一種消極的想法，可是，現在的我，卻希望這碰撞裡消失的是彼此之間的偏見，「了解」從而也許會成為一種溝通的能量……

　　曉風，我知道我說的有點牽強。

　　可是，最近這幾年來，面對聽眾的時候，我慢慢察覺到我的急切我的混亂，其實有很大一部分的原因是因為農耕民族的文化長久以來習慣把游牧民族的文化置於「反方」。

　　因此，當我要說出我所見到的蒙古之時，我總害怕橫置我們之間的那一道厚厚的牆，總要一次再次地反覆解釋，這樣一來，時間當然就更不夠用了。

　　所以，不如在演講一開始的時候，先舉出幾個明顯的例子來讓所謂「正」與「反」的觀念互相碰撞，等到大家都釋然之後，誰正誰反也就無所謂了吧？

　　曉風，我想這樣試試，你覺得如何？

　　第一個例子，說的是「家」。

　　最近，讀到阮慶岳先生所寫的一篇評介文章，題目是「城市‧游牧‧謠言」。在裡面有一段，剛好他用了非常明確的字句，指出深藏在一般人心中的「正」與「反」：

　　「……二十一世紀的現代城市，其實也同樣有著在安穩固守（『家』的觀念），與游牧移動（『無家』的觀念）間兩難的矛盾姿態。」

這就是從小深植在每一個人心中的概念，游牧幾乎就等於流浪。

　　這就是農耕文化對游牧文化的偏見——如果沒有一個可以安穩固守的家，就是無家。

　　我當然明白阮先生的文章絲毫沒有歧視游牧文化的意思，在他坦蕩的心中也必定不存絲毫偏見，只是借用「游牧」這兩個字來闡釋一下所謂「無家」的觀念而已。

　　可是，誰能說游牧民族是無家的人？

　　誰能說「家」只限定於由木頭磚瓦或者鋼筋水泥築成的居室才是唯一的定義？

　　游牧民族當然有家，也有房舍，只是我們的房舍是可以按著季節或者水草的需要而隨時移動的居室。

　　在漢文裡，稱呼這移動的居室，從「穹盧」、「氊帳」、「氊房」一直到近代的俗稱「蒙古包」。不過，對於蒙古人來說，它的發音譯成漢字近似「格日」，而它的字義，譯成漢文只有一個字，就是「家」。

　　是的，這就是游牧民族幾千年來所居住的家，可以防寒避熱，可以修飾美化，可以顯示出主人的身分財富與品味，並且，可以一次再次拆遷搬運又重新搭建的家。

　　在游牧民族的文學作品裡，它也是一個溫暖的主題。因為，和世界上所有的「家」所代表的意義完全一樣，這個居室是貯存

著一個家庭多年累積的悲歡記憶的所在，是每一個人回望童年時的金色夢境，也是遊子心中不斷出現的美好嚮往⋯⋯

唯一的差別，只是「可以移動」而已。

所以，如果你願意認同移動的家和不能移動的家都是「家」的話，那麼，我們就都站在「正」方了。

然後，你就會發現，生活在他方，也依然是生活。

所以，從「家」這個小小單位發展出去，你更會發現許多你必須相信的事實，是的，在蒙古高原之上，還曾經有過可以移動的「村落」（其實我們習慣的稱呼是「部落」）和可以移動的「城市」哩！

曉風，我知道，我知道，關於「家」的解釋，好像越說越遠，非得馬上停止不可，否則，就會像葉嘉瑩老師所說的：

「這個人不知道又『跑野馬』跑到什麼地方去了！」

先在此暫停，謝謝你的耐心。

謝謝你，親愛的朋友。

慕蓉寫於2005年6月初

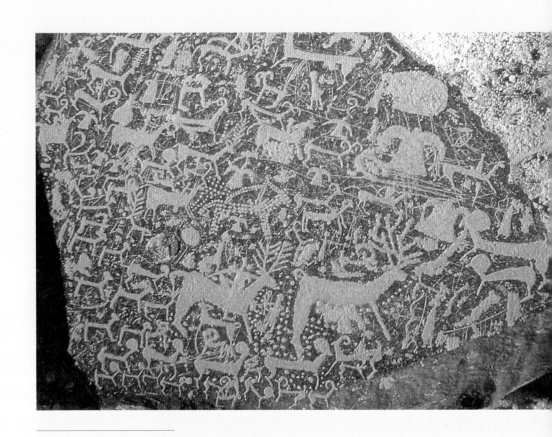

蒙古高原上有許多史前岩畫，學者說應該在紀元前三千年到一萬年之間。這幅是內蒙古阿拉善盟右旗的曼德拉山上千百幅中的一幅。

多麼不可置信的構圖！如此精密如此嚴謹，用去了多少時間和心血？

我曾在2005年的10月和2010年的9月兩次攀爬上山，那激動之情難以言表。回來後我寫信給曉風，問她記得泰戈爾的那句詩嗎？「你是誰啊，你，一百年後誦讀我詩篇的人？」在那山上，我只需要更改一個字：

「你是誰啊，你，一萬年後誦讀我詩篇的人？」

我想，我應該是聽見了，也誦讀了。

三、珍貴的教誨

日昇日落・最後的書房——敬寫齊邦媛先生

（一）

月在中天，皎潔澄明。

久已不見如此廣闊的天空，如此清朗的月光了。此刻，整理得非常清爽的山中庭園只有她一個人，可以安靜地坐在樹下的長椅上，抬頭向月，久久凝望。

是中秋剛過的一日，舊曆8月16日。

昨夜在這裡舉行的佳節晚會想必很熱鬧，但是她婉拒了院方的熱情邀約，閉門不出。卻選擇在隔天的夜裡，孤身一人，坐在這暗黑又寂靜的庭園裡，與一輪滿月遙相對望。

這個春天，以八十一歲之齡住進了桃園鄉間的「養生文化村」，是她自己的決定。孩子們雖然心中不捨，也難以了解，但最後還是尊重母親自己的選擇。

而在這天晚上，算好了時間出門，她是有意地等待著一輪明月現身。

初昇的滿月色澤溫潤，在山坡前的疏林中若隱若現。越昇越高之後，那清輝瀉地，將草木的影子潑灑在無人的山徑上，一筆一筆極為清晰。

白髮皤皤的她，久久獨坐於如水的月光裡，恍如生命裡的謎題。誰人能夠知道她的所思所想？

誰人能夠知道，和一般的答案完全相反，這個晚上，在月光裡的她，心懷間竟然是無比的愉悅，不帶一絲悲愁。只覺得穹蒼上那一輪皓月，彷彿就是生命給她的一道昭示：「現在，就是現在！不就正是一個全新的開始！」

　　多好啊！長久企盼著的那個時刻終於來了，現在，還等什麼呢？

　　該做的工作都做了，該盡的責任也都盡了。人生至此，已一無擔負，一無虧欠，長久所盼望的自由和獨立如今都來到眼前，終於可以全心全意地去實現自己的願望了。

　　就像她回答那位陌生人的問話，那天，好心的計程車司機在荒涼的工地現場問她：

　　「你為什麼不在兒子家住下去，要住到這種地方來呢？」

　　她的回答是：

　　「我今年八十歲，我還有自己的生活要過。」

　　對於那一位好心的司機，甚至可以是對所有的陌生人來說，她給出的是一個無解的答案。

　　在世俗的觀念裡，「我今年八十歲」和「我還有自己的生活要過」這兩句話，是極為矛盾的組合。都已經八十歲了，還要怎麼去過自己的生活？

　　還有，還有，對一個女子來說，什麼又叫作「自己的生活」？從長久以前到現在，有過這種「生活」嗎？

　　其實，是可以有的。

（二）

在她身旁這幢建築裡，有一套堪稱舒適的居所供她享用。雖然半生的藏書都捐給學校了，仍然還有些不捨得離身的書本隨著她搬了進來，擺在書架上。書桌擺在房間正中，有一邊是靠牆，桌上是慧心又體貼的媳婦特別去為她選購的檯燈，有著米白色的雅致紗罩，紙筆也都準備好了。

其實，她這一生都在提筆書寫，從來沒有停止過。為教學，為翻譯，為人寫評介，為書寫評論、寫序……日復以夜，在燈下，她的筆耕讓多少年輕的學子成長、受益，又讓多少臺灣作家的作品得以為這個世界所認識和賞識。

這個晚上，從月光照耀的山中庭園回到自己居所的樓層，出了電梯，走過長廊，開了房門之後，她就直接走到書桌前坐了下來。

把檯燈捻亮，把紙和筆拿了出來，心想，這該是自己這一生中最後的一間書房了吧？

2005年舊曆8月16日的夜晚，她，臺灣大學外文系名譽教授齊邦媛先生，在這間自己命名的「最後的書房」裡，又一次提起了筆，燈下的書寫，卻是在臺灣這幾十年的歲月裡，第一次為了自己。

不過，這書寫，也不能說只是為了自己，應該是為了曾經包含自己在其中的一切。

是為了要寫出那個曾經包含自己在其中的無邪愉悅震驚挫敗

悲傷憤怒犧牲勇氣以及無數不屈不撓的靈魂所支撐起來的那個時代。

是的，這是她此生唯一渴求自己務必要實現的願望。

多少個日夜，多少個悚然驚起的時刻，它，就在冰凍、透明的意義裡，凝固著。

是的，什麼都沒有消失沒有改變，歷歷在目，纖毫畢現，凝結於永恆的召喚之間。那召喚，既深且痛，是火與冰的極端，沉重尖銳又復迫切，不停地質問：

「什麼時候？」「什麼時候開始寫？」

「你可還記得？」「還記得嗎？」

她怎麼可能忘記？那是一整個時代的浩劫，是她被切斷被奪取被撕裂被焚燒殆盡永不重回的昨日，卻也是她在記憶中永世珍藏從未離去冰清玉潔任何人都不能篡竊分毫的華年。

書寫，她或許可以隨時開始，但最大的困難就是，這個主題一旦開始就不能任意停止，因為，它，是絕不容分隔甚至分割的生命整體，是波濤洶湧奔流不息的巨流河。

（三）

「安床、入夢，度過了終點的首夜。」

2005年3月17日的日記，她一心要過的「自己的生活」開始了。

誰人能料想到，一如那聖詠上的句子：「趕快工作夜來臨，

夜臨工當成」。一年之後，2006年2月17日的日記一開始是這樣寫
的：

　　濕漉漉的天和地，正常的老人難以存活。我如今不太正常，
似是著了魔，為寫下回憶熱切地忙著，只想著文字的存活，反而
來不及去想自身的存活。

　　2007年8月30日：

　　寫第七章〈心靈的後裔〉。
　　近日書寫進展令自己欣慰，這燃之未熄的油燈竟有如此力量
支撐，所有知我前半生的人都不易相信吧！這後面有神奇的更大
力量，上帝和愛。筆停時就思索痛苦的意義，總也有能說明白的
一天吧！

　　停筆的間歇，她就寫些自己當時當刻的雜感，有時就寫在小
小的紙片上，彷彿是與此刻的自己對話、打氣。
　　秋天來了，11月14日：

　　……連日冷，落葉美得淒厲，落葉之美驚人。紅色與綠色交
鋒，生命和死亡互占葉脈，小小的葉子，多大的場面啊！

　　2008年1月1日：

真不容易啊！我居然能活著慶賀自己活著，寫著一生惦念的
人和事……

3月9日：

……如此日夜，不允自己思及孤獨老年。我如今求此孤獨，
不可自怨自嘆。

努力面對現實。取食，閱報，燈下開始第九章，至少真正活
在此刻。

2009年5月10日全部書稿終於交出之後，日記上寫下：

進入這養生續命的山村，原是為完成這個願望，也為此日日
夜夜的書寫、思索，思索、書寫，才真正活了這四年的歲月……

2009年7月7日，遠見天下文化出版公司的主編項秋萍將剛出
版的《巨流河》送到作者手中，一直伴隨著齊邦媛先生的工作日
記也告圓滿完成。這天，日記上的最後，她是這樣記下的：

「我六歲離開家鄉，八十年的漂流，在此書中得到了安
放。」

（四）

　　《巨流河》既出，那強大的震撼與影響到今天還不見止息，並且肯定還會擴展到更深更遠……

　　而這本陪伴著齊先生的工作日記，被她命名為〈日昇日落，最後的書房〉，也將放在爾雅的散文舊作《一生中的一天》輯二，由爾雅出版社重新出版。

　　齊先生對我說，她這幾年真是在山中看了無數次的日昇日落。月圓的晚上，她偶爾還是喜歡一個人在月下獨坐，書稿越積越厚之時，心情也越趨寧靜，只覺得天高月明，那月光裡，有一種彷彿回音般的了解與同情……

　　多希望2004年9月的那天，在臺北市麗水街口載了齊先生往林口工地尋去的那位好心的計程車司機可以看到這篇文字。他應該就可以明白「我今年八十歲，我還有自己的生活要過。」這個回答，一點也不矛盾。在那位白髮女子的認真努力之下，是完完全全可以實現的人生計畫，並且，成果驚人！

夜間的課堂

昨天晚上，和齊邦媛老師打電話，說了很多眼前和舊日的事。我忽然想起剛好可以問一下齊老師，前幾年，她向我談及陳義芝的詩的那段話，我可不可以發表？

齊老師說：「可以。」

太好了！這是我喜歡做的事情，現在得到齊老師的同意，就讓我從頭再細說一次吧。

是2018年12月間的事，這月中旬在黃春明辦的《九彎十八拐》雜誌上，讀到陳義芝的一首詩，〈我年輕的戀人〉：

像一個流亡的車臣戰士
我回返莫斯科
尋找我年輕的戀人

險些遺忘的
我年輕的戀人
和我的夢，多年來
任戰鬥摧毀的
記憶不能摧毀
我看到依舊年輕的她

像一個流亡的車臣戰士
險些遺忘瞬間又想起
只要夢在年輕的戀人就在
哪怕是最後一眼
在紛亂的人群錯車的月台

後來才知道是詩人在2001年寫的詩，而我怎麼會遲到十幾年後才讀到？怎麼會有這麼好的一首詩？

「流亡的車臣戰士」這樣的人物做主角，他所承受的有多少旁人不知道不能了解的疼痛和汙蔑？民族的創痕在這裡一概不提，退到一旁。整首詩裡只有如此潔淨的字句，沒有任何多餘的描繪，幾乎可以說是不能再刪的極簡了，卻讓整個人世間的不公不義與空寂無助全部呈現。或許我們也可以說是給歷史上每一場的戰爭，是給普世的被戰爭分離的戀人。好像是處在極為混亂的剎那，回過神來細看卻只有寥寥的十四行的篇幅，而且每行只用了很少很少的幾個字。

我真喜歡這首詩。

到了12月底，晚上給齊老師打電話的時候，就想和她談一談這首詩，想不到還有更大的收穫。

這天晚上，齊老師聽到陳義芝的名字那一刻，馬上說：

「陳義芝，我喜歡他，他這個人有氣質，就是詩人的氣質，安靜，潔淨。而且不去附合這個亂七八糟的外界，有自己的堅

持。」

然後，齊老師又說：

「現在，外面的這些人和事，對我應該已經完全無關了。可是妳提起了陳義芝，我心裡又快樂了起來。我覺得他現在這樣很好，在學校裡教自己的書，寫自己的詩。」

我說：「讀這首詩給您聽好嗎？」

齊老師說好。

而當我慢慢讀完最後一句時，她說：「在人群錯車的月臺，我也有過不少的故事。在我們那個時代，有不少月台……有很多紛亂的人群錯車的月台。」

然後，我們又談了一些別的。齊老師忽然問我有沒有瘂弦老師的近況？我還真的沒有。

齊老師說，詩人中她覺得與瘂弦最親，雖然也不是那種日常的頻繁交往。那年（2009）7月7日《巨流河》新書發表，第二天約好與瘂弦見面，第一本簽名送出的《巨流河》就是給瘂弦的。

在這次通話的最後，齊老師告訴我，到目前為止，她最喜歡的三個詩人是商禽，瘂弦，和，陳義芝。

是多麼美好的評語！

當然，那天晚上，放下電話之後，我就馬上寫信給陳義芝了。我其實很少寫信給他，但是，那天晚上，我自覺是那一個在懷中捧著珍寶要送去給他的郵差啊！

而之後再和齊老師談起這件事的時候，已經又過了大概一年的時間了，我想問她，為什麼會特別喜歡這三位詩人？

　　齊老師說：

　　「我和商禽並沒有來往，可以說是不認識他，但是，有他的詩就夠了。他的詩不算多，但是也不必多，我想那是一種對詩的態度。而瘂弦有一些特質是別人沒有的，太珍貴了，我還要尊敬他。我對陳義芝也是尊重的。」

　　我慢慢揣想，這尊敬與尊重，是不是都緣於詩人自身對「詩」的尊敬與尊重？

　　我記得齊老師說過，詩人不應該去汲汲於「經營」自己的詩。而這「經營」在此，恐怕指的是涉及功利了吧？

　　我其實也不敢多去打擾，總是隔個一兩個月才敢通一次電話，乘晚間她空下來的時候。多少年了，從齊老師身上，我總能領受到一種安靜愉悅的從容之感。當然，如今年紀大了，行動可能會受到一些生理上的限制，譬如容易累，或者走得慢一點了之類。但是，齊老師那心智活動的靈敏、自由和強大卻是令人驚嘆的，是以一種令人仰視的角度發展，無止無盡……

　　她曾說自己的東北故鄉壯闊深邃如史詩。老師也提到她的家鄉遼寧鐵嶺，她說當年的東北地方多有流放者，通常是思想上的叛逆者而遭流放，有一種特別的人格傾向，喜讀書、思想，在逆境中求存。

　　昨晚，齊老師對我說，她覺得在她快滿周歲時把她從重病的

死亡線上救回來的那位醫生，感覺上就是這樣一位深沉的人物。

《巨流河》的正文一開始，這位醫生就出場了：

　　……快滿周歲時，有一天發燒，高燒不退，氣若游絲，馬上就要斷氣的樣子。我母親坐在東北引用灶火餘溫的炕上抱著我不肯放。一位來家裡過節的親戚對她說：「這個丫頭已經死了，差不多沒氣了，妳抱著她幹什麼？把她放開吧！」我母親就是不放，一直哭。那時已過了午夜，我祖母說：「好，叫一個長工，騎馬到鎮上，找個能騎馬的大夫，看能不能救回這丫頭的命？」這個長工到了大概是十華里外的鎮上，居然找到一位醫生，能騎馬，也肯在零下二、三十度的深夜到我們村莊裡來。他進了莊院，我這條命就撿回來了。母親抱著不肯鬆手的死孩子，變成一個活孩子，一生充滿了生命力。

　　我向齊老師說，我讀到這一段時是有畫面的。暗黑的夜裡，白雪鋪滿的大地上有著微光，馬蹄踏著厚厚的雪地前進，蹄印很深。騎在馬上的大夫已是中年，眉頭微皺，或許在心裡希冀那個小嬰兒能夠再多支撐一下，希望這一切都還不會太遲……

　　齊老師說，在她的心中，也是一直有一位在雪地裡騎著馬的男子的畫像。

　　書上說，之後過了不久，有一次，這位大夫再到附近出診。齊老師的母親，還去請求他為這個他親手救回來的孩子命名。醫生為齊老師取名「邦媛」，是《詩經》裡出來的好名字啊！

齊老師說：「這位大夫是在我生命的初始，給了我雙重祝福的人。」

所以，她在《巨流河》裡，在正文開篇的最後一段是這樣寫的：

在新世界的家庭與事業間掙扎奮鬥半生的我，時常想起山村故鄉的那位醫生，真希望他知道，我曾努力，不辜負他在那個女子命如草芥的時代所給我的慷慨祝福。

是的，齊老師，應該就是這樣。

那位醫生在回去的路上，心裡一定由衷地為這個小小的嬰兒喝采！將來一定是個肯努力又很堅持的女子，如此強大的生命力，誰能與她相比！

是的，齊老師，我相信那位醫生一定早早就知道了。

有一首詩

彼黍離離，彼稷之苗。行邁靡靡，中心搖搖。知我者，謂我心憂。不知我者，謂我何求。悠悠蒼天，此何人哉。

彼黍離離，彼稷之穗。行邁靡靡，中心如醉。知我者，謂我心憂。不知我者，謂我何求。悠悠蒼天，此何人哉。

彼黍離離，彼稷之實。行邁靡靡，中心如噎。知我者，謂我心憂。不知我者，謂我何求。悠悠蒼天，此何人哉。

——《詩經·國風》

越過鄉間的公路，再穿過一大片玉蜀黍田之後，在我們眼前，是一座長滿了野草的兩層土坡，順著小徑，有那腳步特別快的朋友先爬上了坡頂，馬上回頭向坡下的我們做出了阻攔的手勢，同時大聲地說：

「葉老師，您就別上來了，這上面什麼也沒有了啊！」

不過，葉老師並沒有聽從他的勸告，還是繼續往前一步步地走了上去，小徑上的野草很高，枝梗蕪雜而枯黃，時時牽扯著行人的衣角。是九月下旬的東北大地，還算溫暖，有陽光，然而空氣裡也有一層薄薄的灰濛的塵霾。

到了坡頂，感覺上原來應該是個面積頗為寬廣的平臺，此刻卻長著滿滿的莊稼，就在我們眼前擁擠著矗立著的玉蜀黍一直延伸到遠處，是收成的季節了，帶著紫棕色穗子的玉米粒粒金黃飽

滿，藏在脆裂的葉片裡若隱若現，風吹過來的時候，高大的植株微微晃動摩擦，枝葉簌簌作響。

面對著這橫梗在眼前的秋日的玉蜀黍田，葉老師默然無語，獨自佇立了好一會兒之後，忽然回過頭來對我說：

「這真的就是黍離之悲了。我現在的心情，和那首詩裡說的怎麼完全一樣！」

那首詩收在《詩經》裡，說的是周朝東遷之後，有人走過從前的宗廟宮室所在之地，卻發現曾經華美莊嚴的建築都已經完全消失，四野只長著滿滿的莊稼，不禁悲嘆再三，徘徊不忍離去。

那首詩中抒寫著的是接近三千年之前的一個周朝後人的心情，而此刻是西元2002年的9月26日，葉赫那拉部族的後人葉嘉瑩教授千里迢迢終於尋到了原鄉，站在承載著先祖昔日悲歡的東北城舊址之上，一切也幾乎都消失了。放眼望去，秋日午後，四野只有無窮無盡的玉蜀黍田，遠方的一條河流，天邊的一輪紅日，以及，心中的一首詩。

一首穿越過邈遠的時空前來相會，卻彷彿是此刻的自己才剛剛寫成的詩。

————

世間的遇合有時非常奇妙。這麼多年來，我都只是個遠遠仰慕著葉老師的讀者，如今卻能陪同她回到原鄉，這一切都是起因於我的好友汪其楣教授最初的一番好意。

其楣是葉老師的學生，2002年的3月，葉老師在臺北講學，其楣寄給她一篇自己剛發表的論文，裡面談到我的一些以蒙古高原為主題的散文與詩，就又催促我也寄本剛出版的散文集《金色的馬鞍》給葉老師看看。

　　過了幾天，接到施淑教授的電話；邀我到福華飯店與葉老師共進晚餐，使我喜出望外。

　　更想不到的是，那天晚上，葉老師對我說：

　　「我也是蒙古人。我們的部族是葉赫那拉。我的伯父曾經告訴過我，葉赫是一條河流的名字，但是我已經不能確定它的地點，也不知道如今這條河流是否還在。」

　　那天晚上，施淑、靜惠和我，三個人圍坐在葉老師的旁邊，靜靜聆聽她講述先世的歷史與傳說，在燈光下，年近八十的葉老師容顏恬靜開朗，可是，我們能夠感覺得到她心中那種深沉的尋索的渴望，她說：

　　「我一直希望能找到那一條葉赫水。」

　　那一條河流彷彿是記憶的根源，如果河流還在，那麼，舊日的城池或許應該也還在，而在天涯遊子心中謹記了多少年的種種線索就終於能夠有所依附了罷。

　　就在那個時候，我的心裡好像有些什麼忽然燃燒了起來，還等什麼呢？葉老師，我們就去找一找看罷，好嗎？

　　2002年3月裡的這個晚上，葉老師微笑著回答我：

　　「好的。如果你找到了葉赫水，我就和你一起回去。」

　　當時，我們都沒能預料到，這個願望竟然在半年之後就實現

了。

　　那天晚上，回到家裡我就趕快打電話給住在瀋陽的蒙古朋友鮑爾吉・原野，他是我心儀已久的作家，讀過他的許多作品，卻還沒見過面。在電話裡他感覺到我的情緒，於是馬上又去找到他的滿族朋友關捷，在《瀋陽日報》工作的關捷一口承擔了這個尋訪的任務。

　　之後的兩三個月裡，臺北與瀋陽之間便有了一條熱線。關捷去請教了好幾位專研清史的學者，也到地方上去打聽，然後，美好的消息就傳來了——葉赫水至今猶在，不但沒有乾涸，也沒有改名，而且就發源在葉赫鎮，再從整個城鎮的中間穿過，這個葉赫鎮如今屬於吉林省梨樹縣，離長春市不遠。

　　9月下旬，吉林大學的劉中樹校長以及多位教授就在長春市迎接葉老師，她在日本教書的侄子葉言材教授也趕來了，還有關捷、鮑爾吉・原野和我，大家一起陪著葉老師走向她念念不忘的先祖原鄉。

————

　　「葉赫那拉」在蒙文的字義裡是「大太陽」，也可以引伸為「偉大的部族」的意思。「那拉」在漢譯中有時寫成「納蘭」。

　　史書上說：「其先出自蒙古，姓土默特氏，滅納喇部據其地，遂以地為姓；後遷葉赫河岸，因號葉赫。」

　　遙遠的先祖從黑龍江先遷徙到呼蘭河流域，再南遷到葉赫河

畔的時候，已經是明宣德2年（西元1427年）了。在山川富饒的葉赫河畔，這個部族日漸壯大，子子孫孫，世襲相沿，過了一百九十多年的安穩歲月。明朝時，因為與明貿易於鎮北關，所以被稱作北關葉赫。葉赫與愛新覺羅兩族原先互相通婚友好，但是，最後終於在一場慘烈的戰爭中，被努爾哈赤的後金所滅。就在東北城下，負傷被縊殺之前，葉赫部最後的領袖金台什留下了那句誓言：

「我們葉赫氏就是剩下最後一個女子，也要滅了你們愛新覺羅！」

不知道是不是因為這個緣由，滿清建國以後，葉赫部雖然在八大貴族之列，卻始終與清廷處在一種微妙的距離裡。滿清選后，明令排除葉赫那拉的女子。

然而，誓言猶在朝廷的記憶裡，民間的記憶卻逐漸開始分歧。儘管在史書裡葉赫源出蒙古的記錄始終沒有消失，但是四百多年來，葉赫那拉部族的後代子孫，無論是真正的遺忘還是蓄意的隱晦，有些人最遠只追溯到先世是海西女真扈倫四部之一，從此就以滿人自居了。

在葉嘉瑩教授的家族裡，記憶從未被湮滅，反倒是以一種反覆叮囑的方式傳延了下來。雖然由於一次又一次戰亂的阻隔，使得還鄉的心願延宕到如今才能實現，然而，畢竟是實現了。

此刻，葉赫水正從秋日亮黃沉綠的山林間奔湧而出，穿過葉赫那拉部族曾經生息於其上的大地，穿過那在幾百年間曾經輝耀也曾經晦暗的時光，穿過那急速翻動如四野秋聲一樣簌簌作響的

歷史書頁，終於，和緩地放慢了速度，潺潺地流進了千里尋來的遊子心中。

畢竟是實現了啊！這尋索的心願。

站在葉老師的身旁，我也隨著她的視線往四周眺望，但是我深信，天地山川此刻都在向她召喚，葉老師所見到的，必然和我們這些旁人所能見到的是不一樣的。

所以，當有人從坡頂向她高聲呼喊：「葉老師，這上面什麼也沒有了啊！」的時候，我們之中，誰也沒能想到，對於葉老師來說，在這座長滿了荒草和玉蜀黍的土坡上，除了滿滿的幾百年的興衰之外，還有一首詩在等著她。

一首清晰而又貼切，恍如她自己提筆剛剛才寫成的詩啊！

天穹低處盡吾鄉

餘年老去始能狂，一世飄零敢自傷。
已是故家平毀後，卻來萬里覓原鄉。

這是2005年9月，葉嘉瑩老師去內蒙古呼倫貝爾地區作首次的原鄉之旅時，所作的口占絕句十首中的一首。

這首詩後有一段加註：

「我家本姓葉赫納蘭，先世原為蒙古土默特部，清初入關，曾祖父在咸、同間曾任佐領，祖父在光緒間任工部員外郎，在西單以西察院胡同原有祖居一所。在2002年的一份北京市規畫委員會的公文中，曾提出要加強保護四合院的工作，我家祖居原在被保護的名單內，但終被拆遷公司所拆毀。」

被平毀的故家，是曾祖父購建的，葉老師的童年就在這幢美麗寬敞的四合院裡入學就讀。祖父是進士，門口有進士第之匾，門旁還有兩尊石獅。伯父是儒醫，把家中東房作為「脈房」（診所），在南房裡有許多藏書，由於葉老師的父親比較常在外地工作，所以，她幼時在伯父身邊受教的時間較多。

第一本課本是《論語》。但是，由於平日常聽伯父與父親大聲吟誦舊詩，母親與伯母則是低聲吟唱，兩種境界都讓她神往，所以，葉老師說，她雖是從國學學起，耳濡目染的則是詩詞。

她說：詩，不是用知識去學習的，而是用感覺去學習。用感

覺去累積的詩詞，終生都不會忘記，是一種直覺的吸收與涵泳。

還有一種不能忘記的質素，就是血脈的來處。

她記得很清楚，那年，她已有十一、二歲了，伯父第一次鄭重向她說起蒙古原籍之事，伯父應該也是聽他的長輩這樣一代又一代再三囑咐再三叮嚀地說起的吧。

即使是在年節祭祖時，全家人都要跟從伯父先向東北方向三跪九叩首，然後再向西北方向三跪九叩首，一為遠祖，再為家墓（西北方是近代祖墳所在的方位）。

但是，那個時代兵荒馬亂，出了北京城就是盜賊、軍閥、日寇，最後再加上內戰，所以，雖然代代相囑，不可忘記自己的來處，但是，百年之間，從曾祖父到祖父到伯父，卻從來沒有一個人回去過。

2002年中，瀋陽的關傑先生為葉老師尋到葉赫水的所在。9月，在許多朋友的陪同之下，葉老師遠赴吉林省尋訪葉赫舊部，成為她的家族裡第一個見到葉赫水的子孫，河水還在奔流，故土卻成為無邊無際的農田，種滿了在秋風裡簌簌作響的玉蜀黍。

2005年9月，由於念念不忘土默特部的祖源，葉老師啟程赴呼倫貝爾，終於實現了她的願望。同時，又成為她的家族第一個踏上蒙古高原的人。

原來，絕不可輕視一個族群的記憶，更不可小看，一個女子長存在內心深處的堅持和不忘。

2005年，八十一歲，經過了七十年的等待，葉嘉瑩老師終於見到蒙古原鄉。

曾經是那樣模糊那樣遙遠的故土，如今卻就在眼前就在腳下，是可以觸摸可以嗅聞可以雀躍可以奔跑可以歡呼可以落淚又可以一層層細細揭開一步步慢慢走近的大好河山啊！

　　因而，葉老師全程都是神采煥發，而這樣煥發的神采，就影響了她身邊所有的人。

　　這是一種難以形容的美好特質。

　　葉老師自己其實歷經喪亂，然而從不見她訴苦，卻也不迴避，她的言詞和風範，都是那樣真誠和自然。在她身邊，我才明白什麼叫做「如沐春風」，原來世間真有其人，真有其事。

　　要想追記的幸福時刻還有許多。

　　葉老師待人極為隨和，又充滿了好奇心，什麼都願意嘗試。

　　2005年9月16日，我先去天津與葉老師會合，在她任教的南開大學作了一場演講。17日，葉老師、怡真和我，一同乘車到了北京，在旅館住一夜，準備第二天飛海拉爾。

　　吃完晚餐後，我們去附近的超市，添購些旅程需要的雜物。路過食品部門的大冰櫃，我忽發奇想，想要請她們二人吃一根我情有獨鍾的冰棒，結果真的給我買到了「伊利」的酸奶冰棒。葉老師和怡真欣然接受，那又甜又酸又濃醇的奶味兒，讓她們讚賞不已。

　　那天晚上，我們三個人就站在人行道上把冰棒吃完，只要微微抬頭，從迎面的路樹枝椏間望過去，就是一輪又圓又滿的陰曆8月14的大月亮。

怡真是葉老師在臺大教書時的學生，我卻只是個私淑弟子，多年來都在離葉老師很遠的地方一本又一本地讀著葉老師的著作，怎麼也想不到會有這樣的一天，可以在北京的街邊，請葉老師吃了一根內蒙古出品的酸奶冰棒！

　　這人生可真是有點離奇了。

　　要想追記的幸福時刻還有許多。

　　9月18日下午1:40，飛機抵達了呼倫貝爾首府海拉爾市，有四位朋友前來接機，松林、偉光、國強和寶力道。

　　這四位身強力壯的男士，一下子就把我們視為沉重負擔的大大小小的行李都接過去了，同時，卻又溫文有禮地輕聲向我們致問候與歡迎之意。

　　這就是我的生在大興安嶺森林、長在巴爾虎草原上的好朋友們，是多麼漂亮的好男兒！在把他們四位介紹給葉老師之時，我心中別提有多麼得意了。

　　葉老師，您已經踏上了蒙古高原，請看一看這些生長的原鄉大地上的好男兒吧，他們每一位都是真摯、熱忱又堅強的精采人物啊！

　　在這一點上，我想，葉老師一定深有同感。因為，在她口占絕句中的第十首，說的就是這份感動：

　　原鄉兒女性情真，對酒歌吟意氣親。
　　護我更如佳子弟，還鄉從此往來頻。

要想追記的幸福時刻還有許多。

葉老師對自己的身體很注意保護，這次旅程，怡真和我是全程的陪同，我不小心，先因為受涼而感冒了，然後再連累到怡真。兩個人什麼藥都沒帶，全靠葉老師拿出她準備的藥丸來救急才勉強撐過去。葉老師卻什麼事也沒有，在短短的八天之中，東上大興安嶺，西渡巴爾虎茫茫古草原，一路上健步如飛，詩興大發，走了一處又一處，寫了一首又一首，真是讓我們嘆為觀止，非常羨慕。

已經是9月20日了，一車人從海拉爾出發直奔大興安嶺的阿里河。是個晴天，山路旁的顏色因而更加耀眼，落葉松一色鉻黃，樟子松一脈墨綠，只可惜樺樹的葉子差不多要落盡，少了許多閃爍明亮的暖金色，只剩下像灰霧一般延伸的細密枝椏。

在山路下方遠遠的平野之上，一片又一片的再生林互相依偎著往高裡生長，有細細的煙塵在風中徐徐開展，如霧又如網，是有人在什麼空曠之處燒著野草吧？

怡真先開始誦唸：「平林漠漠煙如織……」在更遠更遠的地方，是幾抹青藍色的峰巒，那顏色，有可能是「傷心碧」嗎？

這是一堂附有真實風景作插圖的古典文學課程，在秋日的大興安嶺，在葉老師身邊，我們一車的人都是興奮又快樂的小學生。

一路行來，彷彿萬事萬物，只要經過她的指點，就都能成詩；又彷彿任何一首詩，都可能和眼前的風景有些什麼牽連，是

為車窗外那一幅綿延起伏的「秋光秋色長卷」作些註釋。

這樣的一堂課，是生命裡難以置信的奇遇，我會銘記在心。

從大興安嶺下來之後，又緊接著往西進入巴爾虎草原。

有一天上午，我們在一片廣袤無邊的大草場上停車休息，看到日月同時高懸在天空中，葉老師一邊驚嘆一邊緩步往草原深處走去，我們這些人就都很安靜地留在原地，不想去打擾她。

可是，我發現每個人的目光卻都不約而同地朝向她，是因為每個人的心裡都在揣想著八十一歲的葉老師走在原鄉故土之上，究竟會是怎樣的一種心情嗎？

那天，葉老師越走越遠，身影越來越小，到了後來，幾乎好像是與浩瀚的天地融為一體了。

然後，她再微笑著慢慢走回來，給了我們這一首詩：

右瞻皓月左朝陽，一片秋原入莽蒼。
佇立中區還四望，天穹低處盡吾鄉。

心靈的饗宴

2009年2月21日晚間，葉嘉瑩先生應洪建全文教基金會的邀請，在臺北的「敏隆講堂」演講，講題是「王國維《人間詞話》問世百年的詞學反思」。

從七點正準時開始到九點過後還欲罷不能，那天晚上，葉老師足足講了兩個多小時。以《人間詞話》為主軸，談詞的由來、特質、境界，以及雅鄭之間的微妙差異等等；上下縱橫，中西並用，再加上興會淋漓之處葉老師不時地讓思路跑一下野馬，把我們帶到一片陌生曠野，那種遼闊無邊，那種全然不受約束的自由，好像極為渾沌無端難以言說，卻在同時又井然有序地一一心領神會……

何以致此？何能致此？

當時的我，只覺得葉老師在臺上像個發光體，她所散發的美感，令我如醉如痴，在無限欣喜的同時卻還一直有著一種莫名的悵惘，一直到演講結束，離開了會場，離開了葉老師之後，卻還離不開這整整兩個多鐘頭的演講所給我的氛圍和影響。

之後的幾天，我不斷回想，究竟是什麼感動了我？

對葉老師的愛慕是當然的，對葉老師的敬佩也是當然的，可是，除此之外，好像還有一些什麼很重要的因素是我必須去尋找去捕捉才有可能得到解答。

那天晚上，葉老師在對我們講解關於詞的審美層次之時，她

用了〈九歌〉裡的「要眇宜修」這四個字。

　　她說：「要眇」二字，是在呈現一種深隱而又精微的美，而這種深微，又必須是從內心深處自然散發出來的才可能成其為美。

　　至於「宜修」則是指裝飾的必要。但是，葉老師說：這種裝飾並非只是表面的修飾，卻也是深含於心的一種精微與美好的講究。一如〈離騷〉中所言的「製芰荷以為衣兮，彙芙蓉以為裳……佩繽紛其繁飾兮，芳菲菲其彌章」，是所謂的一種品格上的「高潔好修」。

　　那天晚上的葉老師，身著一襲灰藍色的連身長衣裙，裙邊微微散開。肩上披著薄而長的絲巾，半透明的絲巾上還暗嵌著一些淺藍和淺灰色的隱約光影，和她略顯灰白但依然茂密的短髮在燈光下互相輝映。

　　當時的我，只覺得臺上的葉老師是一個發光體，好像她的人和她的話語都已經合而為一。不過，我也知道，葉老師在臺上的光輝，並不是講堂裡的燈光可以營造出來的，而是她顧盼之間那種自在與從容，彷彿整個生命都在詩詞之中涵泳。

　　之後，在不斷的回想中，我忽然開始明白了。

　　原來，葉老師當晚在講壇上的「人和話語合而為一」，其實是因為，她就是她正在講解中的那個「美」的本身。

　　葉老師在講壇上逐字講解中的「要眇宜修」，就是她本身的氣質才情所自然展現的那深隱而又精微、高潔而又高貴的絕美。

　　是的，她就是「美要眇兮宜修」的那位湘水上的女神。

然而，或是因為「世溷濁而不分兮」，或是因為一種必然的孤獨，使得所有這世間的絕美，在欣然呈現的同時，卻又都不得不帶著一些莫名的悵惘甚至憂傷……

　　那晚之後，我在日記裡記下自己的觸動，我何其有幸，參與了一次極為豐足的心靈饗宴。

　　想不到，十個月之後，我又有幸參與了一次。

　　2009年12月17日上午，葉老師應余紀忠文教基金會的邀請，在中壢的中央大學作了一場演講，講題是「百煉鋼中繞指柔—辛棄疾詞的欣賞」。

　　禮堂很大，聽眾很多，儀式很隆重。可惜的是，演講的時間反而受了限制。葉老師這次只講了一個半小時左右，她所準備的十首辛棄疾的詞，也只能講了兩首而已。

　　這兩首的詞牌都是〈水龍吟〉，一首是「登建康賞心亭」，一首是「過南劍雙溪樓」。

　　葉老師說，辛棄疾一向是她所極為賞愛的一位詞人。

　　他正是能以全部的心力來投注於自己的作品，更是能以全部的生活來實踐自己的作品。他的生命與生活都以極為真誠而又深摯的態度進入文學創作。

　　因此，在講解這兩首〈水龍吟〉之時，葉老師就要我們特別注意創作時間的差異對作品的影響。她說，基本上，生命的本體（感情與志意）是不變的，可是，辛棄疾一生傳世的詞，內容與風格卻是千變萬化，並且數量也有六百首以上之多。

　　她為我們選出的這第一首〈水龍吟〉，辛棄疾三十四歲，正

在南京，在孝宗的朝廷。寫「登建康賞心亭」的時候，離他當年率領義兵投奔南朝，那熱血沸騰壯志昂揚的英雄時刻，已經過了十個年頭了。

後面的一首「過南劍雙溪樓」，辛棄疾已經有五十多歲了，而在這之前，被朝廷放廢了十年之久。

辛棄疾的一生，六十八載歲月（1140年–1207年），有四十多年羈留在南宋，中間又還有二十年的時光是一次次被放廢在家中。

這樣的蹉跎，置放於文學之中，會產生出什麼樣的作品？

我們在臺下靜靜地等待著葉老師的指引。

這天，站在講臺上，葉老師仍是一襲素淨的衣裙，只在襟前別上了一朵胸花，是中央大學校方特別為貴賓準備的，深綠的葉片間綴著一小朵紅紫色的蝴蝶蘭。

她的衣著，她的笑容，她的聲音，她的一切，本來都一如往常，是一種出塵的秀雅的女性之美。可是，非常奇特的，當她開始逐字逐句為我們講解或吟誦這兩首〈水龍吟〉之時，卻是隱隱間風雷再起，那種雄渾的氣勢逼人而來，就彷彿八百多年前的場景重現，是詞人辛棄疾親身來到我們眼前，親口向我們一字一句訴說著他的孤危而又蹉跎的一生了。

在「楚天千里清秋」微微帶著涼意的寂寞裡，我們跟著辛棄疾去「把吳鉤看了，欄干拍遍」，心裡湧起了真正的同情。非常奇妙的轉變，在我的少年時，那些曾經是國文課本裡生澀而又蒼白的典故，為什麼如今卻都化為真實而又貼近的熱血人生？原

來，辛棄疾親身前來之時，他的恨，他的愧，他的英雄淚都是有憑有據，清晰無比的啊！

我們跟隨著他掠過了二十年，來到南劍雙溪的危樓之前，但覺「潭空水冷，月明星淡。」到底要不要「燃犀下看」呢？那黑夜的蕭殺與詞人的忐忑，到此已是一幅結構完整層次分明的畫面了。

等到「千古興亡，百年悲笑，一時登覽。」這幾句一出來，我一方面覺得自己幾乎已經站在離辛棄疾很近很近的地方，近得好像可以聽見他的心跳，感覺得到他的時不我予的悲傷。可是，一方面，我又好像只看見這十二個字所延伸出來的人生境界，這就是「文學」嗎？用十二個字把時空的深邃與浩瀚，把國族與個人的命運坎坷，把當下與無窮的對比與反覆都總括於其中，這就是「文學」嗎？

因此，當葉老師唸到最後的「問何人又卸，片帆沙岸，繫斜陽纜。」的時候，在臺下的我不得不輕聲驚呼起來。

驚呼的原因之一是，這「繫斜陽纜」更是厲害！僅僅四個字而已，卻是多麼溫暖又多麼悲涼的矛盾組合，然而又非如此不可以終篇，僅僅四個字，卻是一個也不能更動的啊！

驚呼的另一個原因是，終篇之後，我才突然發現，剛才，在葉老師的引導之下，我竟然在不知不覺之間進入了南宋大詞人辛棄疾的悲笑一生。他的蹉跎他的無奈不僅感同身受，甚至直逼胸懷，使我整個人都沉浸在那種蒼茫和蒼涼的氛圍裡，既感嘆又留戀，久久都不捨得離開。

是何等豐足的心靈饗宴！

等我稍稍靜定，抬頭再往講臺上望去，葉老師已經把講稿收妥，向臺下聽眾微笑致意，然後就轉身往講臺後方的貴賓席位走去，準備就座了，亭亭的背影依然是她獨有的端麗和秀雅⋯⋯

可是，且慢，那剛才的辛棄疾呢？

那剛剛才充滿在講堂之內的蒼涼與蒼茫，那鬱鬱風雷的迴響，那曾經如此真切又如此親切的英雄和詞人辛棄疾呢？

請問，葉老師，您把他收到什麼地方去了？

何以致此？何能致此？

這不是我一個人在思索的問題，那天會後，許多聽眾也在彼此輕聲討論。

我聽見有人說「是因為聲音，聲調」。有人說「是因為先生學養深厚，又見多識廣」。有人說「是因為她自幼承受的古典詩文教育，已經是她生命的一部分了」。還有人說「恐怕是因為她自身的坎坷流離，所以才更能將心比心，精準詮釋的吧」。

我在旁邊靜靜聆聽，大家說的都沒有錯，這些也應該都是葉老師所具有的特質。但是，我總覺得，是不是還有別的更為重要的質素，才可能讓葉老師如此的與眾不同呢？

這是我一直想去尋求的解答。不過，我也知道，那極為重要的質素，想必也是極為獨特與罕見的，又如何能讓我就這樣輕易尋得？

直到最近，讀到《紅蕖留夢──葉嘉瑩談詩憶往》一書的初稿，發現書中有兩段話語，似乎就是給我的解答，在此恭謹摘抄

如下：

　　……詩詞的研讀並不是我追求的目標，而是支持我走過憂患的一種力量。

　　……我之所以有不懈的工作的動力，其實就正是因為我並沒有要成為學者的動機的緣故，因為如果有了明確的動機，一旦達到目的，就會失去動力而懈怠。我對詩詞的愛好與體悟，可以說全是出於自己生命中的一種本能。因此無論是寫作也好，講授也好，我所要傳達的，可以說都是我所體悟到的詩歌中一種生命，一種生生不已的感發的力量。中國傳統一直有「詩教」之說，認為詩可以「正得失、動天地、感鬼神」。當然在傳達的過程中，我也需要憑藉一些知識與學問來做為一種說明的手段和工具。我在講課時，常常對同學們說，真正偉大的詩人是用自己的生命來寫作自己的詩篇的，是用自己的生活來實踐自己的詩篇的，在他們的詩篇中，蓄積了古代偉大詩人的所有的心靈、智慧、品格、襟抱和修養。而我們講詩的人所要做的，就正是透過詩人的作品，使這些詩人的生命心魂，得到又一次再生的機會。而且在這個再生的活動中，將會帶著一種強大的感發作用，使我們這些講者與聽者或作者與讀者，都得到一種生生不已的力量。在這種以生命相融會相感發的活動中，自有一種極大的樂趣。而這種樂趣與是否成為一個學者，是否獲得什麼學術成就，可以說沒有任何關係。這其實就是孔子說的，知之者不如好之者，好之者不如樂

之者。

旨哉斯言，謎題揭曉！

原來，答案就在這裡。

葉老師所給我們的一場又一場的心靈饗宴，原來就是久已失傳的「詩教」。

這是一種以生命相融合相感發的活動，而能帶引我們激發我們去探索這種融合與感發的葉老師，她所具備的能量是何等的強大與飽滿，而她自己的生命的質地，又是何等的強韌與深微啊！

歷經憂患的葉老師，由於擁有這樣充沛的能量，以及這樣美好的生命質地，才終於成就了這罕有的與詩詞共生一世的豐美心魂。

在此，我謹以這篇粗淺的文字，向葉老師獻上我深深的謝意。

附記：

葉老師別號為納蘭迦陵。「納蘭」是族姓「葉赫納蘭」的簡稱。「迦陵」是葉老師年輕時自取的筆名，她說與佛經上的妙音鳥「迦陵頻伽」相同只是一種巧合。然而，佛經上說這種神鳥鳴聲清妙，使人聞之而心神歡躍，那麼，在葉老師談詩論詞的時候，我們所聆聽的，不就是天籟，不就是妙音嗎？

寒玉堂

是2019年4月11日中午，因為悅珍和謀賢從美國回來，我們留在臺灣的師大同學就互相通知，約好今天在北藝大的德國餐廳聚餐。

久沒見面的清治也在座，我們聊了一會兒，他忽然說要講我當年的一件事給大家聽，問我介不介意？

由於他一向會突然說些開玩笑的反話，所以我也馬上回他：「介意！」表示別說了。不過，老同學了，他當然不聽話，還是開口說了出來：

「那是大四上學期，有一天，溥老師來上課的時候，寫了一些滿文的句子在紙上，然後對我們說：『自己民族的文字，不可以忘記。』席慕蓉，你就一個人哭起來了，哭得稀里嘩啦的，你還記得嗎？」

我的天！我完全不記得！

在我的記憶裡，從來沒有印象。但是，如果他記得，應該也不會有錯。只為，那時的我和此刻的我應該沒有什麼差別，聽了這句話，是會哭的。

難得的記憶，保存了半個多世紀之後，再由他轉交給我。真的要謝謝他，是只有老同學才會替你記得的事啊！

我不禁想起了去年遇到的一件事。

2018年9月6日的下午，我站在北京恭王府的府邸最深處的蝠廳之前，等著緊閉的門開啟。

　　帶我來的是寶貴敏，她是一位年輕的，住在北京的蒙古族女作家，我們認識很久了。我跟她說想要來恭王府參觀曾經是我老師溥心畬的書房，她就在這個下午帶我來了。

　　恭王府的前身是乾隆年間大學士和坤的宅第，到了嘉慶年間，和坤因為賄賂和貪奢被賜死，自盡而亡。這座幾乎傚效皇家規模建立的庭園，在咸豐繼位後，封六皇子奕訢為恭親王，並將和坤的宅第賜給他，當年恭親王還不到二十歲。

　　我非常尊敬的師大學長王家誠教授所著的《溥心畬傳》中，曾說到當時恭親王「更將此歷史勝蹟大加整修，分為王府和花園前後兩大部分，前部為辦公居家之處。花園名『萃錦園』，取集眾芳精華，成一代名園之意」。

　　「光緒22年7月25日，貝勒愛新覺羅載瀅的次子誕生。由於這天是咸豐皇帝的忌辰，所以把他的生日改為7月24日。……他的誕生，對此際政壇失意，奉旨『養病』的恭親王，是一件大喜之事。出生第三日，光緒皇帝賜名為『溥儒』，『心畬』則是他後來所取的字」。

　　溥老師是恭親王的愛孫，童年的教導自是嚴謹。「八歲那年，正在學作七言絕句詩的溥心畬晉見慈禧太后。當天，是慈禧太后壽誕之日，頤和園中，滿是祝嘏的王親貴族。她的興緻很好。竟把這聰明俊秀的王孫抱在膝上問：『聽說你會作對聯？』

「溥心畬好像未加思索似的，順口作出一副五言聯祝壽。聯句文雅得體，典也用得妥貼，太后稱之為『本朝神童』，賞給他文房四寶。溥心畬神童之名不脛而走。」

但是，時光流逝，世事變遷。到了「民國十幾年，恭親王的繼承人溥偉，將王府抵押給天主教會。其後輔仁大學代償鉅債，取得產權，王府就此易手。」

不過，作為恭親王的孫子，溥心畬和兄弟依然租賃其中的萃錦園多年，「埋首著作，對客揮豪，奠定在藝術界中的地位。」

而溥老師那時的書房，就在萃錦園後端的蝠廳，有幾級石階，地勢比一路走過來的萃錦園略高一點。在我身旁的遊客已經少了許多，算是比較僻靜的了。

不像剛才，剛才從門口一路走過庭園走過水榭時那樣的嘈雜與慌亂。那麼多那麼多的遊客啊！有胡亂走動的，有在地上盤踞成一個圓圈的，有依著樹蔭坐，開始聊天的。好像都在努力享受身在名園的光彩。很少人願意靜下來感受身邊植物的綠意以及微風的吹拂。屬於一個園林的靜謐之處的優點都被排擠掉了，空留一方喧鬧的場子。

其實，我應該也是其中的一員。

急急忙忙地穿過庭園穿過水榭，急急忙忙地找到了蝠廳。看見那兩扇緊閉的紅門因為別人的叩響而開啟，進去幾個人之後又復緊閉，我也忍不住了。

我是溥老師的學生，但並不是叩了頭拜師長相追隨左右的弟

子。我只是剛好有幸，在師大四年級上學期，學校又請到了溥老師前來教課（聽說早年也曾請過，也曾來教過）。我們全班同學才上了不到一個學期的課，然後老師身體就不太舒服，就沒有再來。下個學期是由孫家勤老師代課的。

到了民國52年，西曆1963年11月18日，溥老師在臺灣逝世，11月28日，葬於臺北陽明山南原。

我們是師大最後一班有幸親近溥老師的學生。溥老師來上課的時候，總有一位高班剛畢業的女助教陪著來，坐在老師旁邊，隨時侍候老師茶水和糖果。

溥老師上課並不要我們交繪畫的作業，他給我們對對子，講聲韻，還要我們交詩詞的作業給他看。那時全班只有我一個人對平仄感興趣。所以老師問有誰寫了詩了？有誰填了詞了？大家就叫我去充數，我也就拿著奇奇怪怪的作業交上去了。

站在老師面前，我一句話也說不出來，甚至到今天也不大記得曾經寫過什麼。只見老師總是微微地笑著，看我寫的東西，也不說話。多年之後，我在收到老同學謝文釧從馬來西亞轉寄回來我當年的一張舊作之後，才知道，那樣年輕的我已經試著要說出心裡的想望了：

「關山夢，夢斷故園寒。塞外英豪何處去，天涯鴻雁幾時還，拭淚話陰山。」

我自己記得的還有一些沒頭沒尾的，譬如：

「……頭白人前效爭媚，烏鞘忘了，犀甲忘了，上馬先呼累。」

交上去之後，老師仍然是微微地笑著，也不說話。然後同學就圍了過來，問老師一些別的問題，一堂課就用另外一種愉快的氣氛展開了。

　　一直到有一天，依然是他坐在桌子後面，我站在桌前。老師忽然抬起頭來，對著圍繞在桌前的同學們說了一句話：

　　「這個女同學是一塊璞。」

　　他的聲音比較低，同學們沒聽清楚。於是溥老師就拿起筆來在白色的棉紙上寫下了一個字：

　　「璞」。

　　然後他向周圍的同學說：

　　「我剛才的意思是說這位女同學是一塊璞，要琢磨之後才能顯出裡面的玉質來。」

　　全班同學都起鬨地叫了起來，還有人假裝忌妒地對我揮拳作勢，混亂中有個僑生一把搶了那張桌上的紙走出門外。老師回頭看我，我那時什麼話也說不出來，就這樣默默地坐著。

　　那應該是我們最後一次上溥老師的課。後來他身體不舒服就請假不來了。

　　我想向他表達的謝意，始終沒能在他面前說出來，即使後來他讓我們班上的建同（是他的叩頭弟子），給我送來三首蒙古的詩歌讓我抄下來，我也只是匆匆抄下，好像也沒有說謝謝，也沒有問候他。

　　或者有？但是我完全不記得了。

而此刻，我站在蝠廳的門前，伸出手來敲門，門應聲而啟，我向門內的女士說：

　　「我從臺灣來，是溥老師的學生，想參觀一下他從前的書房。」

　　她讓我和寶貴敏進來，同時和我們一起進去的還有七、八個身後的遊客，她也沒有阻止。我們進去之後，她也沒有講解，讓我們隨意參觀。

　　裡面倒是很安靜。但是我仔細巡視了一圈之後，發現除了正對大門上方有一塊紅底金字的「寒玉堂」匾額之外，沒有任何能夠顯示這是溥心畬老師曾經居住過，研讀過和揮豪過的地方了。

　　牆上掛滿了「福」字的或是斗方或是掛軸，有員工正在向遊客輕聲地推銷這些商品。這裡是蝠廳，當然最好的是買一幅回家掛起來，可以添福的。

　　當然，我不能說什麼。這麼久遠的時光，還能留下一塊寒玉堂的匾額在這裡，作為唯一的紀念。證明年輕的老師曾經在這裡生活過，工作過，應該也算可以了吧。

　　寶貴敏過來向我說：「走吧。」

　　我明白她的意思，這裡實在沒有什麼可以久留的了。

　　可是，還有寒玉堂這三個字在我眼前，我朝向上方的匾額，恭恭敬敬地鞠了三個躬，熱淚忽然盈眶。

　　老師，謝謝您。原來那時的我和此刻的我也沒有什麼分別，還是會哭的。

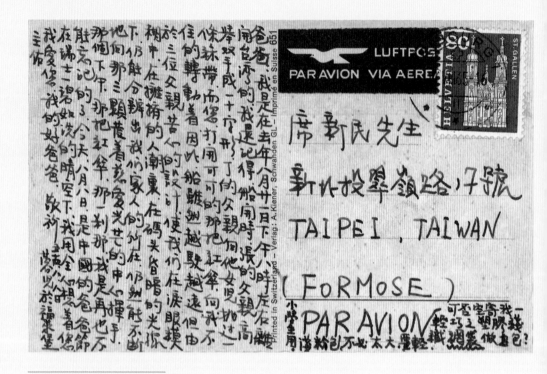

這是1965年8月8日寫給父親的明信片。出國已快
滿一年了。暑假到瑞士福萊堡去上法文文法補習
班。父親節想念爸爸，就寄上一張熱情的明信片
聊表寸心。

四、失而復得的記憶

前言

　　在此必須做些解釋，為什麼要在多年之後重新挑選和抄錄這些舊信？

　　這是我在1964年夏天出國之後寫回來的家信。密密麻麻的小字寫在航空郵簡或者很薄的藍色航空信紙上。有的是十幾頁的厚度，滿滿的都是我對家人的思念和在異地的生活報告。

　　而這些信的信封上，都有父親寫的編號，還記上收到的日期以及回信的日期。後來父親去了德國，母親還在家中陪著妹妹和弟弟，這些信就由母親來編號了。

　　六年之後，父親陪我一齊回國。因為那時我已結婚兩年，剛剛懷孕，回來應聘教書，而海北還在比利時考他的博士學位。

　　回國之後，有天母親把滿滿的一包信件交給我，都是我在歐洲寄回來的家信。

　　我是很感動。但也只是感動而已，並沒覺得它的珍貴。那時想的是我已經回到臺灣了，而這些信件都是些報喜不報憂的家信，就算寫得再多再滿，裡面大概都是些不著邊際的好話吧。

　　就這樣把它們收起來了。以後每次搬家也跟著搬，但是從沒再打開來過，就這樣過了幾十年，父母都已不在了⋯⋯

　　搬到淡水也有二十多年了，有過幾次想把它們丟掉，又不敢造次，怕自己會後悔。父母曾經那樣小心保存的信件。

　　終於，在2020年的秋天，天氣漸漸涼了，拉開抽屜，它又出

現在我眼前。

於是，下定決心，把每一封信都從信封裡取出來，展開、擺平、細讀，再把這封信的信封放在整封信的背後，一齊收進透明的書夾裡仔細放好。然後，再打開第二封信……一封一封信地讀下去，心裡有了個念頭，幸好，幸好我沒有把它們丟棄。雖說多是報喜不報憂的寫法，但是，也沒有一句謊言。

多少被我忘記了的時刻重新出現。當然，有些是只有家人才可以共享的記憶。可是，也有些是可以放在書中和讀者見面的。

所以，我在將近八十幾封信中，挑了其中的十三封信出來，當做我現在要出版的書中的一部分，只為了兩個原因和理由。

第一個是有關於臺灣當年的經濟水平：

是的，1964的夏天，出國的學生，有兩個選擇，是搭飛機？還是坐船？去歐洲，飛機一天可到。但是坐船的話就真是曠日廢時了！

你要先坐一趟客輪從臺灣基隆港到香港暫停。大約幾天之後才能搭上遠洋客輪〈越南號〉出發，大約快三十天之後才能抵達馬賽港，再坐火車北上到布魯塞爾，可說是舟車勞頓啊！

而坐飛機和坐船的票價差別只有在今日看來非常細微的不同：一百美金。

是的，飛機票四百美金，船票三百美金。

但是，在1964年的臺灣，對有些學生來說，一百美金的差價仍然巨大，因此當年同船出國的臺灣學子，男男女女也有十二人

之多。雖非同校，目的地也各有差別，但是在船上一個月，也自成一個團體，同舟共濟，彼此互相幫助，非常融洽。

所以，為了這一百美金的差別，我選擇坐船，自以為是為家裡省錢，卻要在多年之後才發現，我得到的是在今日看來極為奢侈又難得的經驗──海上絲路的全程觀光旅遊！

第二個要挑選出來的一件事，是選出來的這些信件裡的最後一封（之後我還繼續寫了很多封），是在畢業畫展上七位評審委員共同給我的一個獎：1er Prix de Maîtrise，我並沒有拿到。

在評審當天公布的所有獎項，隔了幾天正式在布魯塞爾市政府的頒獎典禮上，別的獎狀和獎牌我都領到了，但是沒有這個獎。

更奇怪的是，我自己在當天以及之後的幾十年裡，也一直忘了有這個獎。一直到2020年的秋天，在淡水家中細讀當年的家信之時，才在幾行字跡裡忽然看見了這個獎。

是一天或者一瞬之間的獎嗎？

深藏在我幾十年前的家信之中。

我後來自己慢慢回想，七位評審委員給我這個獎的時候，他們也知道，這是只頒給本國學生的大獎，有獎狀也有獎金，當時他們的原意是不要獎金，只要把這難得的榮譽給我。

當時應該是這樣決定的。

但是事後想必是學校當局認為不可開例而取消了。頒獎典禮時當然也不必特別聲明，於是事情就這樣結束了。

1966到2020年是五十四年，半個世紀了，我始終沒有想起來。

　　而在五十四年之後，拿著這一頁紙頁極薄字跡卻依然清楚的信紙，我想著那天對我無比親切，在咖啡館裡叫我坐到他妻子身邊的Léon Devos教授慈祥的面容，還有其他幾位教授對我的殷切的目光，當時的我很受感動。可是，可是，絕對沒有我在五十四年之後重新回想時感動的巨大！

　　彷彿只是一天或一瞬之間的獎，卻是暗藏了一生一世的熱切鼓勵。我現在收到了，我要深深地感謝，深深深深地向你們致謝。

2022・5・2

第一封信

爸、媽：

我於星期日8月23號下午搭兩夜的四川輪後安抵香港，住在童年舊居那棟樓房的樓下，關伯伯和關伯母的家中。離開秀華台整整十年來，此番重回，一切好像都有點變了，可是又不能仔細分辨，到底是什麼變了？

關伯母對我非常好，四個兄弟也很熱鬧。星期一一早，我去船公司換票，畫子和威威陪我去。我問船公司他們去不去德國？一聽這樣他們便要我去德國領事館。到了德國領事館，他們說可以給我一個星期的Transit Visa，但是護照和香港過境簽證要留在他們那裡，星期三才能簽好給我。於是我再問船公司，他們說這樣很好，我星期三拿到簽證他才能給我換票，早換遲換都沒關係，同時可以申請在馬賽上岸，這樣離德國更近一點，火車票可以省一點。但是又要辦法國簽證，又要等兩天。船公司可以給我一封信，拿去法使館一定准。西班牙上岸和馬賽上岸船票的錢是一樣的。到了馬賽，船公司在那裡會替我們買火車票，瑞士的簽證好像不要，我想明天再問清楚。雖然德國領事館要我十四塊港幣，法使館要我七塊一毛，起碼去得成慕尼黑，其他就顧不得了。

畫子和威威很可愛，他們陪我到大姐的朋友Joe那裡，便回去了。Joe請我在告羅士打吃中飯，他出示大姐的信，說明天要去秀

華台找我的，想不到我自己把很多事都辦妥了。

　　他說明天還要請我吃中飯，並且要在淺水灣給我照相。他和我談了很多出國後要注意的事，當我是個小妹妹。

　　晚上回到關家，等到關伯伯關伯母回來，我就把帶來的禮物都送出去了，皆大歡喜。

　　好了！我要去休息了，今天一天夠累的。請繼續等我的好消息吧！

蓉蓉敬上　8月24日

1964年

第二封信

爸、媽：

今天是越南輪開航的第一天！

昨天，8月30日下午4點到6點上船。大姐的朋友Joe開車來接我們。關伯母和二姐的同學周艾楓來送行。三大件行李讓關家的弟弟們只好在家門口和我說再見了。到了碼頭，還有我師大同班的一位男同學蔡浩泉來送我，因此，辦事都很順利。

現在，一切都定了，我和另外兩位也要去歐洲的臺灣女同學住一間，這樣很好，因為一間房要住六個人。一個美國女孩，一位印度太太，還有一位大陸來的女孩，加上我們三個臺灣女孩子就滿了。

今天沒趕上吃早餐，因為一覺睡到八點半，已過了早餐時間了。船上吃西餐，不過也可用米飯代替麵包。飯廳很漂亮，昨天我們全船都參觀過了。今天起，頭等上不去了，但是冷氣全船都有，而且三等艙的飯廳的色調配得很好，很調和。我現在就坐在檸檬黃色的桌前給您二位寫信。房間裡每人有個小櫃子，我買了鎖把它鎖起來。船上有洗衣間、熨衣房，我把身邊要穿的衣服放在一個小箱子裡，那三件大行李就可以塞在床底下，一路就不用打開了。

現在有一個問題，就是我不知該不該先去慕尼黑看大姐？這

三個大箱子是負擔。或許，我可以先去布魯塞爾，把東西卸下之後，再輕車簡從去慕尼黑，可是開學的考試要怎麼辦？我想，一切依您二位的意思好了。

在船上有一個中國男同學，他要到德國的海德堡，他說可以沿途照顧我，但他也不太清楚是先到海德堡還是慕尼黑。此人年紀相當大，已在臺有妻兒，所以還可放心。好了！我等您的回信好了，反正出來就不能怕麻煩了，是不是？

好了！請代我問候兩位姥姥，還有華華和弟弟好，想念您們。

請您在9月20號以前將信寄到Pont-Said來好嗎？

敬祝　平安康泰

蓉蓉叩上
9月1日晨　1964

MLLE HSi Moo Jung

PASSENGER ON BOARD s/s VIET-NAM

（ECONOMY CLASS 347）M.M.

SOCIÉTE EGYPTIENNE

MARITIME COMMERCIALE S.A.E.

3, RUE EL-GOMHORIA B.P. 107

PORT-SAID

9月20以前，很保險的，可以放在船公司等我們到。

第八封信

親愛的家人們：

好想你們啊！有好多話想告訴你們。

很奇怪，我以前不是對餅干之類很貪的嗎？家裡菜都不太吃的嗎？現在在船上早餐吃黃油、果醬、咖啡、牛奶、硬麵包還很對味，很香。可是中飯、晚飯總是洋芋塊、生洋蔥拌豆子，一塊小牛扒，或者一個牛肉丸子便算好了。晚餐有一道洗菜水，使每個人一喝就要暈船的湯，這如何是好？下午4點有一道茶，我們很少去吃，因為都是些乾麵包。

船上很無聊。沒有什麼事情可做。甲板上太陽很毒，而且隨時會來場沒頭沒腦的大雨，淋得你跑都跑不動。風又大得不得了，所以最多只在上面呆一下，便又下來了。經濟艙活動範圍不大，只有一個飯廳可用。在前幾天，我還可以坐在上面，聽音樂、寫信。這幾天我在裡面一坐便覺得胃不舒服。吃飯時我還可以，原來我是個不暈船的人，高中時去了遠處的幾個島，也從沒暈過船。

但是，這幾天，我都坐在自己的船艙裡寫信給你們，到了歐洲，黑鼻子頭可以消掉了吧？

船上越南神父有三個，要到法國去讀書。第一站，到西貢。在香港時報紙上寫得天下大亂，關伯母一再申明不許我在西貢上

岸。我自己也說不下船了。可是，到了西貢，神父們在碼頭上等我們很久，而且他們說絕對安全，我們就上岸了。

　　上了岸果然很好玩。鄭神父有自用車有司機，開了車帶我和另外一位女同學到處去玩。下午再和另外一位神父會合，去吃越南飯，吃冰淇淋。鄭神父很搭牛神父的情，到了哪裡都把我舉出來介紹給別人，並且告訴我，我沒來時，已經有好幾個人知道我，並且猜想，如果我是蒙古人的話，那就一定是爸爸的女兒了。

　　果然，在鳴遠中學遇見了丁慕南先生，鄭神父很開心地向他介紹我。他馬上說：「我怎麼會不記得，我怎麼會忘，你父親是我們最年輕的參議員，那時誰不知道，最年輕的參議員！」看他那樣興高采烈地向別人介紹我的父親，我心裡真高興。我有一個這麼出名這麼威風的爸爸，在這麼遙遠的地方聽到別人這樣想念他，我的臉上不知道有多光采。鄭神父也好像與有榮焉的樣子，又帶我到自由太平洋月刊社去拜訪張作義先生。張作義先生看到我也眉開眼笑。說接到您的卡片了。並且問候您。還提到他的哥哥，張唯篤主教。本來還可以多談一些（他說我聽）。可是別人要去吃越南飯了，只好向他辭行，他一直說等會兒再來，大概以為晚飯後還可以聊天。誰知道一吃吃到十點鐘，只好回鄭神父家去睡。第二天也來不及去見他，只好請鄭神父替我問候一聲。現在，爸是不是還和他聯絡呢？看樣子他很寂寞，妻小都留在大陸。

　　好了，西貢之行差不多就是這樣。我們第二天一早還去轉了

一下，西貢很寧靜。不過看了很多以前發生過恐怖事件的地方。比如晚上坐車經過總統府，想到在綠木蔥籠的圍牆後面曾經發生過那樣恐怖的事，真讓人不敢對權勢作任何想望。在大教堂前，神父指給我們看僧人自焚的地方。在市場前，雕有一個女孩子的胸像，是反抗吳廷琰示威時犧牲的人等等……在寧靜的表象之下，有許多我不知道的黑暗記憶。

離開西貢，船行到新加坡，因為前一天晚上發生了種族間的衝突（馬來人、中國人、印尼恐怖分子），因此全市戒嚴。我們全船的旅客除了到新加坡下船的以外，其他的人只能在碼頭上走一走。

然後就往錫蘭的可倫坡走了四天。大風大浪，浪遠遠近近都起了白頭了。鄭神父告訴過我們，這時候的印度洋風浪都大，因此差不多的旅客都被整慘了，飯廳門可羅雀，只樂了我們這些不暈船的，餐餐可吃蘋果，享受最佳招待。

到了可倫坡，十二個中國學生（有到德國，奧地利的）三女九男浩浩蕩蕩開下船去。第一句問別人的話便是：「請問中國飯店從哪裡走？」

到了飯店，餐單來了還沒來得及看，聽我們女生說要雞絲炒麵他們也要，說要蘑菇湯他們也要，吃完一碟，他們還要蛋炒飯，吃完蛋炒飯還要那個山東老板做幾個中式三明治拿到船上去，真是好笑！

幸好錫蘭錢便宜，一塊美金官價四塊多盧比，黑市可以賣到十七塊，我們一人換了一塊美金，吃一頓飯才花了三塊多盧比，

巧克力糖一包只要八毛盧比。因為聽人說從孟買以後，風浪更大，因此每人都買了一點乾糧。

錫蘭的叫花子很多，烏鴉滿天飛。一上岸就讓人覺得很奇怪，烏鴉的叫聲又大又難聽，飛得又低，很噁心。有一個披頭散髮的人來做我們的嚮導，盡帶我們走破街窄巷。有兩個男生去理髮，進去說好理一個頭一塊盧比，出來開口要一人三塊，本來還想和他們講價，結果一大堆人就圍上來了，嚇得他們兩人一人丟下三個盧比就跑出來了。結果其中的一位，在回程上一直嚷著要我們小心自己的口袋。最後，嚷著嚷著，他發現自己上衣口袋的派克21鋼筆丟了，給人扒了，他就不嚷了，我們就安安靜靜地回船了。

從可倫坡到孟買，風浪較小。但是印度人不讓我們上岸，並且把我們的護照都扣留了起來。船是11號上午到的，12號中午開，算是個大站了。我們氣得要命，但也沒有辦法。誰知道，第二天早上在我們吃完早飯，走到甲板上的時候，兩個越南神父就過來向我們說：「我想，你們可以下去看看，用我們的通行證。」當時，我們嚇呆了，沒想到這小神父竟然如此妙想天開。

他一看到我們高興了，他們兩人（有一位大一點兒的神父不贊成，他們兩人不管）就下去給我們找到六張越南人的通行證。兩位小姐，一位太太，兩位神父，一位先生，瀟瀟灑灑走下船去。船下的官員地方警察，看也不看我們的證件。走到碼頭大門時，崗警問我們是不是越南人，我們說是，就這樣簡單，我們就走上印度的街道了。

比我想像中乾淨。我們有一個小男孩做嚮導，在街上轉了兩個鐘頭，我買了一盒肥皂粉，幾張明信片，十六根小香蕉，三個大蘋果也是花了一塊美金（六個印度盧比）。在街上走時，心裡確實緊張，因為我們這算非法入境，抓住了不得了，所以後來每一個人都贊成回船了。

　　回到船上，才放下心來，下次再不冒這個險了，心裡慌得很，也沒什麼好玩。本來不敢告訴你們的。因此，媽媽別生氣，以後不敢再做這類事了。可是，我應該把每一件事都告訴你們聽的，對不對？

　　從孟買以後，風浪又大起來了，看上去海面很平靜，但是暗流很厲害，把船拋上拋下的像玩蹺蹺板一樣，味道好玩極了。

　　坐在飯廳吃飯，全體會一齊發聲驚呼。因為一下子升得好高，一下子掉下來，一下子往右傾斜，刀叉杯子統統滑到地下去，一下子又往左歪，讓你扶都來不及扶……

　　暗流不像普通海浪，只讓船做兩個方向的搖擺。它好像是讓船扭動，不規則的，好像在跳扭扭舞。從開始我沒吃過一片暈船藥，但是這個時候不行了。在船頭熨衣間熨了幾件衣服，把我的胃都要顛出來了。趕快回房吃了一顆暈船藥，蒙頭大睡，睡醒就好了。

　　從明天到Djibouti之後，船就進入紅海到Port-Said去，就再沒風浪了。現在，船身已經不像早上搖得那麼厲害。因此，我可以向你們說，我們已經經過考驗，從此去以後，將是風和日麗的日子，請你們放心。

今天早上，我們借來男生的錄音機在房間裡玩，開始什麼怪歌都唱，又笑又鬧，後來就剩下一支歌的位置了，我提議唱可愛的家庭，每個人都贊成。但是，唱到中間，每個人的眼淚都掉下來了。歌詞中描寫的，一點不錯，正是我最親愛的家，每一句都和我家中的景象吻合，怎麼以前唱的時候，一點也不覺得呢？

　　我一面流淚，一面心裡是高興的。我到歐洲以後，一定比以前在家的時候，更能做一個席家的好女兒，我深深相信這一點。

　　想你們，想得不得了！

老三　9月15日於印度洋

第九封信

親愛的家人：

　　接到爸9月7日的回信時，已經是晚上了，船剛開到蘇伊士運河的入口，蘇伊士港。我原來以為不會有信的，就待在甲板上，等著過了運河後在Port-Said才會有信。可是一位男同學把信給我拿到甲板上來，我高興極了。

　　雖然爸爸在信上說我粗心，我聽著比什麼時候都服氣，我是粗心，可是，在上一封信裡，我已經把很多事向你們報告了。原來要在Port-Said寄出，已經把信封好了。但是別人說埃及人不可靠，會把郵票撕走，不幫你寄。因此，為穩妥起見，我決定把這封信在巴塞隆納寄出，所以你們要同時讀到我的兩封信了。

　　現在，言歸正傳，大姐已決定，我要先到慕尼黑去了，同時沿途該注意的事也一一告訴我了。同行已有三個人，行李隨身走，所以你們可以放心了。

　　我發現，我現在所有的一切，都是家裡人的功勞，除了姥姥媽媽常年的照顧，爸爸時時刻刻的注意，引導以外，連姐姐、妹妹、弟弟都對我有很大的影響。我這一個人，是全家塑造出來的，我現在所能擁有的一切，是全家每一個人都出了力的。

　　唉呀！我的舌頭真笨！我原來以為我很會說、很會寫。但是我現在發現，我既說不出，也寫不出。今天早上，地中海上陽光

很美，坐在甲板上，我發現，我以前的學識都是膚淺的。要面對現實，就一定要用功才行。我法文雖然不好，但我並不害怕，因為只要給我三個月、六個月，我一定會克服這個困難的。

爸說的話很對，我不能永遠自我陶醉，我的東西差別人還差得遠呢。幸好我現在是去向別人學習，只要認真，總可達到目的。

一切將來的光榮都要歸於您、我的家庭。爸，記得嗎？我在大四時系展得了兩個大獎時，不是第一件事就是想到回家告訴您嗎？以後一定也是這樣的。

我們現在時間上已和你們差了七個鐘頭了。我吃中飯的時候，你們已在吃晚飯了。明天船就到巴塞隆納了，後天就到馬賽，我已發信給謝神父向他解釋，我可能在慕尼黑呆上四、五天，然後才去布魯塞爾。好想早點見到大姐，今天倒怪想她的。

你們接到我每一站發的Postcard了嗎？

想你們。

老三 9月23日 1964

又及：

我一直記得，在黑夜裡的甲板上，靜靜看著船駛入地中海時候的感覺。那樣安靜的一個晚上，親愛的家人，我，無憂無慮，除了想念你們之外，別無他慮。靜靜地看著船駛入地中海，海天有分際，卻又是極為安靜的分際。

第十封信

親愛的家人：

已於今晨安抵馬賽，鹿神父前來接船，一切手續均已辦妥。車票買妥，行李隨車運至慕尼黑，故沿途換車不必管三大件行李了，到了慕尼黑時憑收據至車站領即可。我準備到時打電話通知大姐，或自己坐車去她宿舍，一切均是照她信中吩咐所做。今晚7點28分車開，明晨8時15分到Strasbourg換11時23分直達慕尼黑之車，下午5時40分抵達。一切順利。鹿神父幫忙太大，我已轉致您的問候。同行只有一位中國同學，不過行李問題解決，就不必擔心了，替我高興吧！傻人有傻福。敬祈主佑。

蓉蓉　9月25日下午5時　1964

第十二封信

親愛的家人：

終於可以安心地坐下來給你們寫信了。

我是10月4號晚上離開慕尼黑的，在德國八天玩得很開心，住在姐姐的宿舍，還和她的好友們去了啤酒節。10月5日早上到布魯塞爾，坐火車，謝神父和另外一位男同學來接我，先到宿舍，是一個很乾淨漂亮的粉紅色五層樓房子，樓下是會客室、飯廳、康樂室等，我住第三層最左面一間，房間不大，但是很乾淨、很精緻和新與亮。有一面整個牆壁是一大塊的窗戶，打開窗子可以看到下面的大花園。暖氣、洗臉設備裝在房間裡，平常是像衣櫃一樣，打開裡面有很大的鏡子以及冷熱水的供應，房子每天有人打掃。

好了，談到學校了。謝神父在10月5號看完宿舍，東西放好已經要10點了，就帶我去學校報到註冊。交了五十比朗的費用，然後就要我拿著兩張單子去見教授考試。當時沒想到是考什麼？因此我就抓住謝神父不放，要他去替我翻譯。結果帶我們去的助教就一路走一路笑，並且問神父：「你去做什麼？」神父說：「我去當翻譯啊。」他回答說：「畫裸體畫大概不需要翻譯吧！」哈！可憐的神父，弄得進退兩難。站在教室門口，出來一位年輕的教授，告訴我們，這是個入學考試，需要八天，畫人體素描與

油畫。等八天之後，才能知道程度，按程度來決定我該進哪一年級。當天因為我用具都沒帶，人又是坐了整晚的火車，怕會累。便決定第二天再來。

第二天星期二早上在9點差一刻時到了教室，已經升好火了。一間教室有兩個模特兒，好神氣啊！雖然大樓很舊（比慕尼黑音樂學院大姐的學校是比不上了），但是仍然占地不少，想我們師大藝術系只有一層樓，一個模特兒，和人家比，差太遠了。

但是感覺上還是很熟悉，因此，一把畫板、紙，擺好，對著金髮碧眼的模特兒，就和對著臺灣的林絲緞小姐一樣，本人大筆一揮就畫起來了，心中毫不緊張，因為就和上素描課一樣。畫45分鐘，休息15分鐘，所以，9點上課，11點3刻第三堂下課，沒有打鐘，只有助教算時間。

下午2點上課，沒有模特兒，只有靜物讓我們畫油畫，到5點3刻下課，也等於三堂課。但是，沒有鐘聲，很容易一坐就是三個鐘頭，剛開始時，教室裡人很多，我在休息時瀏覽了一下，發現有的很差，有的很強，嚇了我一跳，那功夫可是真的很深，讓我不得不佩服。好吧，只要你讓我註冊，到哪一年級都無所謂吧。

因此，我就每天上午去畫，中午回宿舍吃飯，吃完飯馬上又來畫油畫。教授只來過兩三次，問我從哪個學校來？哪裡人？如此而已。

到了星期五早上，我問那位年青的教授（或助教），我還要再畫幾天素描？他說星期一教授就來決定了，因此就畫到星期六為止了。我說你本來不是說八天的嗎？現在我只畫了五個早上，

三個下午而已（星期三、六下午沒課），沒畫完啊！他說，畫好了就行，不必畫完，教授只是看程度而已。

於是，星期一早上到校，枯候教授一小時，他老先生來了，橫掃全場一週，便算暫時決定每個人的命運了。有一部分人要隨班附讀，每天傍晚再補習，三個月後決定能否准予進入一年級。而我們呢？則被准進入皇家藝術學院做正式學生，三個月後再決定升班入三年級或二年級。所以，我現在是一年級的學生。等於擺在我前面的，是一個長達三個月的考試，這個可從容多了。不過教授又出了兩個題目：「收穫」和「移民」，要我們兩個星期交卷（畫一張畫）。同時每星期六早上9點半到10點半去聽一堂服裝的歷史（Histoire du Costume），我想試著去聽聽看是啥玩意兒。

這封信從昨天寫到今天，就為了等這個答案。對我來說還沒有答案，只是入學了而已，但是宿舍的女孩子都恭喜我，也就算是正式學生了。

媽和爸的放大相片就放在我桌上，一開門就看見你們二位親親熱熱對著我發出贊許的微笑。現在在桌上寫信時也對著，我是幸福的女兒。

蓉蓉　10月12日　1964年

第十三封信

親愛的家人：

上封信有個極大的錯誤，我必須要更正。這錯誤是由我們班上那位年輕英俊的助教造成的。昨天，星期一，我和一位女同學一起問教授，關於我們要在兩三個月後升級與否的情形。結果教授說：「你不是一年級，你是二年級。並且你是二年級裡面最好的。三個月之後，我要考慮是不是升你到三年級而不是升你到二年級的問題，你本來就是二年級了。」

可是，我的學生證上是一年級，原來是助教弄錯了，他馬上幫我改正過來，並向我致歉。可是害我已經做了一星期的一年級了。

教授的畫，我已見過。作風嚴謹，色彩明朗，甚得我心，甚合我意。同時，此公來頭不小，是藝術學院兩任院長，年老退休為榮譽院長，作品被博物館收藏。因此，傻人有傻福，竟被我碰到了。今早又跑來我油畫旁邊誇了我一頓，本人七年功夫沒有白費啊！

同時，我發現，比國學生有很多生活得很苦。而我不愁吃、不愁穿、不愁住，功課又跟得上，真是留學生最好的境況了，所以一定要好好用功才行。很多人一出來就改行，我想，我還是要堅持畫畫才對。

今天先寫到這裡。最近有點貪睡，總是聽不到鬧鐘響，哈哈！怎麼辦？

愛你們，給你們每個人一個大大的Kiss！

蓉蓉　1964年10月20日

第十五封信

親愛的家人：

終於接到你們的信了！真是要三呼萬歲！

一封華華的，一封爸爸的，都已先後收到。走在街上，心裡平安極了！什麼東西都有興趣觀賞。前三個星期，開始還好，後來那幾天簡直坐立不安，吃也吃不下，睡也睡不好，隨時隨地，總想著你們。獨自一人時，簡直不知道做什麼才對。一顆心老不在它原來的地方。你們真是非要等到我的信到了才回嗎？

現在先回爸爸的信。我的好爸爸，我真喜歡看您寫的信，那麼整齊、神氣和親切。是不是又寫到早上3點鐘才睡的呢？我看了一遍又一遍，每次都忍不住熱淚盈眶。早上在教室裡又拿出來看一遍，結果，傾盆大雨，一個人在畫架前面一面哭一面畫。教授不知道，從我背後走過來和我講話。結果，一看我的眼睛時，他嚇得不知所云胡亂說了幾句就走了。我又好笑又想哭，真是沒辦法。

他明白我的心情，因為他後來常向我談到我的家，我的故鄉等等的閒話，他實在是個慈祥愷和的老師。

你們對我的成績這樣高興與驚訝，真是讓我也又高興又驚訝。高興的是你們為我感到快樂，驚訝的是你們從前那樣瞧不起我？

好！現在讓我再向你們報告一點：在我第一次Composition（構圖及自我創作）的分數經三位教授評分的結果是八十八分。那一張作品被我的教授要求留校。如今已懸掛在皇家藝術學院的教室牆上有三四天了。

教授請來的另外兩位教授（他幫我介紹了，一男一女），三番四次翻看我的畫。（我在教室裡已經畫了七張了，四、五張是完成的）。一位女教授走回來三次看我的作品，害得我不敢抬頭。

爸爸，請您放心，我不會驕傲的。其實，教授越看重我，我心中越害怕，越加兢兢業業。除了增加一些自信以外，並沒有別的影響。

從小，我都不夠努力，我只是出了十分之三的力氣，便得到好的成績。現在，我想做到十分之十，看看是不是能得到更好的。

說實在，我的畫自己一點也不滿意，和我心中原來想畫出來的差得太多。我並沒有完全表達出來。現在，給我這樣一個良好的學習環境，我應該好好給自己加油才是。

同時，我並不是二年級第一名，還有一個人比我多兩分，九十分。除我們兩人以外，其他人都在八十分以下。因此，我還有得追呢，還是有人比我強，我怎麼敢得意呢？

我上午下午都按時到校上課，上午畫模特兒，人來得很多。下午沒模特兒，很多人都不來了，說自己在家裡畫（學校允許的）。有時教室內只有我和另外一位男同學和助教三個人，冷冷

清清。畫得累時，或者煩時，我就拿出爸爸您的信來看，馬上就可精神百倍地恢復工作。我實在是要真正地乖乖地好好地用功才行。

　　從小到大，我的爸爸總是叫我別驕傲，總是說我並不比別人強。以前我最氣的是這個，好像爸一點也不稀奇我，好像爸永遠在給我澆冷水。到現在，我才明白爸爸教育的成功。

　　前兩個星期，到使館一位太太家去作客，她和我談天時，知道我是學畫的，便說了一句：「你父母一定很疼你，很重視你。」等她再知道大姐學音樂，二姐學文學，她便大聲地說：「你有一個偉大的爸爸，一個偉大的媽媽。」我以為她只是隨意說說而已，可是她繼續說下去：「你們的父母注意到你們的興趣，而能自幼培養，輔導你們，又讓你們自由發展，這需要多大的耐心、多大的犧牲、多大的注意力。多少的時間、多少的金錢還在其次，最主要的是要有多大的愛心與完全的不自私啊！我教中學教了許多年，和學生家長相處相識了很多，像你們這樣的家庭，這樣的父母，真是難得和可貴呀！」

　　這些話正說到我心底深處，從離開家後，很多平時讓我生氣的話和動作，如今卻慢慢領會到其中的深意和苦心。我實在是生長在一個幸福的家庭裡，從現在起我一切都是為了討你們的歡心而去做的。我不敢有一絲一毫的驕傲，我的光彩來自父母給我的愛。

　　大姐叫我不要太快畢業，要我從二年級讀起，用兩年的時間

來學習才對。以後要再學什麼可以盡量爭取，我覺得是對的。

　　現在已經是半夜一點鐘了，華華的信明天再寫。從這星期開始，9點鐘以後，學生就進不去學校了。哈！想不到比師大還嚴厲，所以我們下次再談。請您告訴我，關於辦爺爺二十週年的詳細情形好嗎？

　　想你們，敬祝快樂

蓉蓉　11月9日　1964

第二十四封信

親愛的家人：

好想念你們，尤其是大姥姥，一定要把這封信去唸給她聽，好嗎？應該是弟弟去做了。

學校從4月4日開始放到21號。4月5號，星期一，一早9點鐘，我，張偉寧、丁肇瑩、劉海北、丘林華，三個女生，兩個男生，組成一個自行車長征隊，浩浩蕩蕩向郊外出發。整個早上，我們遨遊在春天的樹林裡。

天氣好得不得了。記得嗎？很早以前，我便向弟弟說：到春天來時，我要騎車去樹林裡玩。雖然以前在臺灣也常騎車郊遊，但情形大不相同。

歐洲的樹林是最迷人的。地上還舖滿了去年秋天的落葉，但樹梢上初生的嫩綠已明亮如酒。小河流動得輕而且快，騎在參天古木夾道的小徑上，春風迎面吹來，春風迎面吹來，暢快極了……

在一個小山坡上，有一座很老很老的教室。我們把腳踏車就扔在坡下的草叢裡，太陽那麼好，爬上山坡，在教堂外的草地上坐下來，小草有著清香，風很輕柔，可是，我的家卻離我那麼遠……

在溫暖的山坡上，我的心飛向你們。可是春天就在此刻，我

等了那麼久的歐洲最可愛的春天終於來了，大自然最好的面貌第一次呈現在我的眼前。我願意此刻讀信的你們，可以同時分享我此刻所感受到的這種閒適、溫柔、甜蜜而又帶著少許悲哀的歡樂。

可是，我親愛的家人啊！寫信給我吧！哪怕隨便塗幾個字也好，我都要。我不敢有一絲一毫責怪你們的意思。可是，從3月1號接到爸爸2月24號的信後，到今天沒有接到一封寫給我的信。今天，已經4月12號了，每天早上把我從床上叫起來的，除了鬧鐘以外，便是早上8點鐘那班信可能有你們的消息的念頭把我從床上拉起來。一天又一天，已經一個多月了，你們在做些什麼呢？告訴我一些你們的近況好嗎？如果郵簡有太多空白，我只要求你們寄一張風景明信片就夠了。一方面空白容易填滿，一方面我還可以給同學看看中國風景！

整個復活節假期，我哪裡都不去，準備留在家裡了，可好我的教授給了我們一個新的composition，4月28號交件，題目是le printemps，春天。正合我意，我要大忙一陣子了！

祝大家快樂！

蓉蓉 4月12日 1965

第二十六封信

親愛的家人：

這是我五月分之前的成績，呈給爸爸和媽媽，我還記得在香港，小學三年級時做假成績單的事。但現在，我一點也不必造假了，我親愛的家人，一切都為了呈獻給你們。

怎麼向你們描述我的高興呢？今天早上，是第五次composition評分的日子，來了五位教授，他們在我的作品前站立時間的長久，以及評審的熱心，點頭的次數，讓躲在畫架後面偷看的我，臉都紅了。哈哈！別以為我在幹嘛？所有的同學都躲在自己的畫架後面偷看教授的一舉一動。我的老教授一下子把我還沒畫完的靜物也拿過來，一下子把我那張「笛」舉過去，整個三個年級評完分後，五個人又跑到我的作品前站半天，端詳良久，然後才離開教室。

我和瑪利亞（希臘女孩的名字）平時很合得來，她喜歡我的畫，我欣賞她的。兩個人坐在一起時，安特烈走過來說：「我真羨慕你們兩人。」瑪利亞高興得吱吱喳喳，而我只是安靜地坐在一旁，心裡想著你們。我親愛的家人，我又為你們奪了一個第一了。我無法向你們描述我靜靜的喜悅。

當然，分數是次要的。但是，在公平的競爭之下得勝了，自己辛苦工作的結果受人重視了，無論如何，總是令人高興的一件

事。也許是我的涵養還不夠，但是，向家人報告的話，總不會笑我吧？

　　我曾經向二姐說過，終於有一面生活可以站在所有人的前面不必低頭了。別的也許我不如人，但是關於畫畫，我可以自己對自己負責了，這並不是容易的事呀！是不是？

　　先寫到這裡。把這封信寄出，是我企盼的事。

　　祝全家快樂！

蓉兒 5月3日 1965

第二十七封信

親愛的爸爸媽媽：

我自己都不覺得，怎麼又是一個多月沒寫信回家了呢？真該打！上一封郵簡也寫得亂七八糟，爸爸猜的理由都有，搬家、考試、大姐來比京，不過，男朋友一事卻沒猜對。我還真沒碰到一個喜歡的呢！

學校考試結束，現在正在準備期末展。我們學校一年只有一個學期，學期中，閒人免進。學期結束開一個大畫展，請外人來參觀。

今天早上教授來選畫，我被選了六張，一個人占了半面牆，比師大開畢業展還過癮。教授給了我一個最好的位置，同時說：如果我能多出空位的話，還可以展我自己願意的小張的畫，反正這半面牆是給了我了。

到畫展那天，我也要請魯汶的朋友們來。但是我不可能得獎，因為所有的獎都是為比國學生而設的。希臘女孩瑪利亞氣得要命，說他們小氣。（因為這個學院是國家設的，所有的學生不必繳一文學費，我覺得他們如此做，也是情有可原的。）

我倒不在乎。因為，只要我自己學到本事，畫得好不好已有公論，教授給我的分數，超過三年級的第一名，我也可滿意了。

現在，好位置還是讓我占了，我展出的六件數已是最多，而

我還可以隨自己意思加添一些，因為教授說：「你值得。你這一年工作是進步得最快最好的。」為什麼呢？因為我實在是用功了。展覽前，每人要把一年來最佳作品陳列出來讓教授挑選，我一選就選了十二張呈現出來，陣容浩大，聲勢嚇人。教授說：「最困難就是選你的，因為你每張都有特殊氣氛與長處。」他說我和瑪利亞是兩個「藝術家」。並恭喜我的已逐漸「成型」的畫風。爸媽，我這一年功夫，沒有白費，請相信我。

展覽定在6月26、27、28三天。我已發請帖請了有關人等，並且也口頭上邀請了很多在魯汶的中國學生。我說：學院裡就我一個中國人，你們一定要來捧場才行。但是他們要考試了，能來的一定不會多。

前幾天，張維篤主教的弟弟，從越南到歐洲來看他哥哥，順便到幾個國家逛一逛。在魯汶停留一夜，我在越南見過他，我們相談甚歡，他要我問候您和媽媽。

昨天，瑞士給我獎學金的神父來比京開會，與我見了一面。他送我一包巧克力。他說：「我很小的時候，父母常給我買這種，我最愛吃。這次，我到比京來，不知道將要見到的你是個小女孩還是大女孩，所以，我帶這一包糖來，希望你也愛吃。」他是個身材不高的老年神父，對我神情極為親切，讓我很感動。

他說：我是他的第十五個小女孩（在他們獎學金資助下第十五個中國女孩）。他對我的功課非常滿意。還說別太用功，身體健康很重要。這是我第一次與他見面。

再前幾天，張大千到歐洲來（他住巴西），我也見到了。楊

英風從義大利來，我也和他談過幾次，都在文化參事處。也就是傅先生和傅太太的家，他們對我很好，有什麼事都要我去增進一些見識。

　　前幾天他們夫妻帶我去比利時的海邊去玩，在沙灘上撿石頭，忽然想起了好幾個海灘。淺水灣、梅窩、長洲，那是屬於香港的。然後是花蓮、金山、大里，那是屬於臺灣的，海和天的藍和沙的白和回憶中的歡欣，好像一個錯綜複雜又互相映照著的萬花筒。而今天，我卻在海邊，比利時的海邊撿拾著貝殼，多麼不可想像的世界。

　　先寫到此，要趕快去寄信，下次再寫……

　　祝大家快樂！

蓉兒　6月20日　1965

第二十八封信

親愛的家人：

我以歡欣的心情向你們報告好消息！

學期考分數公布：我得了九十八分！親愛的家人，九十八分！不單是二年級的第一，而且超過其他年級。三年級第一是九十五分。二年級的第二是九十分。一年級的第一好像是八十多分，我與第二名之間相差八分之多。同時最主要的是，已經有很多年了，沒有人在學期考試時得到過九十八分的。

今天下午三點，全體教授到我們畫展會場來評分（畫展已完全布置好，我有八張畫參加展出）。四點半，評分完畢，才准學生進入會場。我是從魯汶坐火車趕去的，準四點半。

一進會場，已有很多同學在裡面了。助教第一個對我說：「恭喜，你得了最高分。」同學都向我恭喜。助教又很嚴肅地說：「不簡單哪！好久都沒有人得到過這樣好的分數了！不是常常都能有這種情形的。」

我已經歡喜得臉都紅了。也來不及問他評分時的情景，這簡直是不可想像的結果！我是全會場的第一，也是全系的第一。

我已發了信與請帖，請朋友們來參觀我的畫展，現在的我是輕鬆了，會場布置好了，分數公布了，親愛的家人，我要好好照幾張相片給你們，為我高興吧！

蓉蓉　1965・6・24

　　今天，畫展開幕。請的朋友都來了！有使館來的人，也有華僑，二十九個中國人，衣冠楚楚來捧場。同學們都看呆了！我也沒想到大家這樣愛護我。

　　傅先生、劉海北、尚老師三人三架照相機，鎂光燈不住閃。然後我的教授過來向我道賀，他對我說：「這是我們學校第一次給學生九十八分。」後來，布魯塞爾市長也來了，教授一直對我誇獎備至。郭參事高興得哪兒也不去，就站在我的畫前不肯走。

　　教授對他說：「督學向來反對給學生高分的，但是這一次他完全同意。」郭向他謝謝他對我的照顧，他說：「你該謝謝你們這中國女孩的用功。」

　　教授說：「真可惜！我們不能給你獎金，但是，你這個成績是一個空前的記錄，我要再向你致以最誠懇的賀意。」我感謝他，並且也謝了助教，還都與他們照了相，洗好後馬上寄給你們。這真是我夢想不到的成功，我快樂極了！

　　昨天文參處替我發快信到倫敦的中央通訊社，要他們打電報回去，也許在我信到時，你們已經知道了。可是我要把一枝一節都向你們報告。我能在外國的藝術學院裡獲得如此的殊榮，在場的中國人比我還神氣，比我還興奮。我對他們都很誠懇地謝謝。有中國人來，都去歡迎，有人要走，都鞠躬相送。

我知道自己要謙虛，那麼多人都在注視我，尤其教授兩次三番帶人過來介紹我的畫時，他講得天花亂墜（他今天真奇怪，一點也不吝嗇的把一切好的讚語都送給我）！別人看我的眼光在那時還真讓我幾乎撐不住了。

　　畫展開幕式比我想像的更為光彩，親愛的家人，你們知道了，該有多高興？

　　我一直在人群中想著這個念頭，你們該有多高興呢？

　　擁抱你們！我親愛的家人！

蓉蓉　1965・6・26

　　又及：

　　趣事一則：前幾天為了暑假要去德國的事，向學校秘書處申請在學證明書。但是，那位女秘書說：「要等期末考試評分之後，才能發給妳，因為，妳如果通不過考試，就不會有在學證明書。」

　　好！她說得有理，我就一句話也不說向她鞠躬退出。

　　這個星期五，早就考完試了，也評好分數了，我又進入她的辦公室。她看我來，就開始打開記錄簿查我的分數，我一聲也不出地站在桌前，忽然間，她驚呼起來：「妳得了第一？」

　　我也馬上笑出來了。這個秘書人很好，有時在校外看見我也和我打招呼，但是彼此很少交談。她大概有四十多歲了，瘦

瘦的中等個子，金髮，臉上戴著一副金絲邊的近視眼鏡。此刻
她也笑了起來，臉紅紅的，還連聲驚呼，向我道喜，一直說：
「Formidable！」

　　我的心裡很快樂！

第五十一封信

我親愛的家人：

讓我擁吻你們，我親愛的家人！

我，一個中國女孩子，又以九十八分的成績得到了第一名。
1er prix avec la Plus grande Distinction et 1er Prix de maîtrise.

就是說：第一獎與最高榮譽獎（像去年一樣），然後還有第一
maîtrise獎。這是一個正式的大獎，從來不給外國人，但他們終
於給了我。因為，給了外國人就沒有獎金，只有榮譽。可是，這
一次七位評審團的評審情願不要獎金，而把這個獎頒給了我。
maîtrise的意思就是「權威、卓越」或者「技藝高超」之意，我得
到了這個榮銜。

我親愛的爸爸該放心了吧？的確，我自己也鬆了一口氣了，
我終於以理想的成績畢業於皇家藝術學院了，去年您告訴我的話
我一直沒有忘記。一年來，我也常提醒自己，尤其在畫展布置完
畢，靜待評審的這兩天來，我真有一點兒擔心，我對自己的畫雖
然有信心，教授也一再給我提示，我仍然害怕（私下的），我怕
我分數比去年低，我該怎麼寫信回家呢？

今天下午4點評分結果揭曉，我從宿舍走到學校的路上心裡
真有點提心吊膽。走到一半，忽然大雨傾盆，打著傘但鞋子卻濕
透了。我身上穿得整整齊齊一套藍毛線呢洋裝（大姐去年送我

的），表示對考試的尊敬。此地規矩，參加考試一定要衣裝整齊，女孩子最好要化妝一下，最起碼擦點口紅，表示對考試的重視和對教授的尊敬。快到學校大門時雨下得更大。這時一輛車駛出學校大門口，一個女孩子從車窗伸出頭來向我大叫：「恭喜！第一獎！」

我一看，是個並不認得的別班的女生，我看她笑容滿面替我高興的樣子，我也向她道謝，進了大門，很多學生在拱廊下避雨，大家都向我恭喜！有人說：「Prix de Maîtrise！」有人笑著與我握手，有認得的，也有不認得的。

我這時拔腳向樓上教室直奔而去，同學們在裡面，都伸手恭喜我。助教正在填分數預備公布，我先看到總平均九十五分，然後考試成績九十八分，好極了，我放下心來，可以笑了。

再仔細地看了我展出的十二張畫一眼，然後便準備告辭回家了。助教說，教授們在學校附近的一個咖啡館等我們去慶祝一下，一起喝一杯。於是，便和幾個同學一起去了。

一進門，教授們已在坐位上看到我們了。我的教授Léon Devos過來向我擁吻致賀，我很誠懇地謝了他，然後走到同學群中去。可是教授又把我叫回來，要我坐在他太太旁邊，和別的教授們談一談，於是一直坐到六點鐘，同學們陸續來，陸續走，我也終於起來告辭了。和他們道別，約好星期六畫展開幕式時再見，便在他們的祝福聲中告辭，回程時一直想著你們。

回到宿舍，宿舍的女孩子們也都在等我的消息，她們也都替我高興。我一直向同學、教授和朋友們說，我要馬上寫信回家，

他們也都說，你父母一定為你感到高興。那時候心裡沒有別的感覺，可是，一進房門，看見了親愛的你們的相片，我的眼淚不自覺地開始流個不停，我哭了很久。這兩年來，說實話，心理和身體上都沒有受到什麼痛苦。可是，在這一剎那，卻有一種無限辛酸的感覺襲來。親愛的家人，對你們的思念和對這離家之後的回顧，又哪能以這一點分數來安慰呢？

我默默地流著淚。但無論如何，我沒有辜負爸媽的期望，我終於能給你們一點快樂了！

敬祝全家平安康泰！

蓉蓉 於1966‧6‧21

這是原畫的下半部，原是立軸形式。八匹駿馬各
有身分，是郎世寧的巧妙構想，讓觀者可以清楚
看見馬群的家庭構造，而不止是單純的八匹馬而
已。

五、原鄉的課堂

郎世寧的〈八駿圖〉

　　知識的求取過程，有時當然是需要刻意而為，兢兢業業。不過，原來最大的快樂卻是在無意之間的獲得。

　　2015年為了紀念經歷康熙、雍正、乾隆三朝的義大利耶穌會修士郎世寧（Giuseppe Castiglione 1688–1766）來華三百年，故宮特意舉辦了一場展覽，以「神筆丹青——郎世寧來華三百年特展」為名，展出了許多難得一見的作品。我去了三次，每次都捨不得離開。還記得有一次是和內蒙古阿拉善盟的詩人恩克哈達坐在那幅大小與真馬相似的進貢名駒〈雪點鵰〉之前，久久無語。不是沒有感動，反而是覺得自己和面前這匹駿馬有許多感覺正在互相交換。這時候，年輕的恩克哈達忽然低聲告訴我：「我覺得這匹科爾沁的馬在向我說話，說牠想家。」

　　郎世寧的工筆寫生絕非只是表面的摹寫而已。技巧是必備的利器，可是畫家本身有一種超出常人的真誠和悲憫，因而使得他的寫生幾乎就是對觀察對象內在神韻的把握和再現。有時候不得不受困於古老中國某些固執的美學要求，但單純地只要畫馬或者畫花的時候，郎世寧的表現就完全不一樣了。

　　就像他畫的那張直幅的〈八駿圖〉（縱139.3公分，橫80.2公分，軸，絹本設色），也是如此。在2015年那時展出的現場我就

特別喜歡。然後前兩天忽然想證明一件事，才把畫展時特別印製的厚達四百多頁的畫冊拿出來，翻到第37頁和之後的38、39兩頁的局部放大圖仔細端詳，不禁歡喜地笑了起來。不得了！郎世寧大師的寫生功夫實在太驚人了！李景章的追蹤攝影也太了不起了！讓我實實在在地上了一堂課。當然，還要感謝青格勒，讓我每年都可以去他的草原上觀察馬群，跟在牠們後面慢慢去搏感情。有時候那匹灰白色的杆子馬會賞臉與我合照，也肯讓我牽著牠走上一小段路……我從2014年夏天加入的這個「短期特訓班」是圓了我的夢想，可以多認識一下馬群的家庭生活，卻沒想到還給了我一種能力。如果故宮再展出郎世寧的這張〈八駿圖〉的話，原來在2015年11月的時候只知道畫面上有八匹「馬」的席慕蓉，現在或許可以為一起前去觀賞的朋友仔細解說了：

「請看，這八匹馬代表了各種不同的生命狀態，但是牠們彼此是在同一個家庭裡面。這個家庭裡的成員絕對有更多更多，不過郎世寧只抽樣展示而已。或許這樣的畫面構圖也可以成立，這八匹年歲性別各異的駿馬剛好是或坐或立地處於群體的邊緣。

先看畫面左方最後面只看見側身瘦骨嶙峋的是一匹老年騍馬，吸收營養的能力很差，應該已經有二十多歲，是遲暮的年齡。而被其他六匹馬環繞，處於構圖中心的是匹尚未成年的馬駒，一般稱為又多添了兩、三個月的「二歲馬」（出生十二個月後，即稱「二歲馬」）。牠的好奇心很強，又還離不開母親。所以我猜想牠正注視著的那兩匹彼此互相摩頸搔癢又嬉戲的一白一赤的騍馬，其中之一可能是這匹胸前有花斑的馬駒的母親。

至於這兩匹嬉戲中的騍馬，可能是閨蜜，但更可能是姐妹。同父異母，同年出生，從小就玩在一起。因此，三歲發情被父親趕出家門，嫁到另外一匹兒馬（即種馬）名下之後，兩姐妹也沒有分開，依然同出同進，依然延續著從童年就開始的親情和友愛。

　　（請注意，馬的倫理觀念極為強烈，嚴守近親絕不通婚的原則。所以這種天性使得家族的後代無論性格智慧體魄健康都保持絕佳狀態。）

　　這幅畫裡有八匹駿馬，我們已經介紹了一老一少，以及兩位出嫁了的女士。現在還剩下四位了。

　　首先，再讓我來介紹那兩匹在畫面的左側和畫面的右前方完全背對著我們的騍馬好嗎？左側的是匹黑鬃黑尾的棗騮馬，右前方的那匹是花斑馬，我為什麼如此確定牠們都是騍馬呢？是因為郎世寧大師已經以精確的線條標示出這兩位已是「孕婦」。馬的懷胎期是十個月多一些，受孕期從夏到秋，我想這段時期可能有許多差異。青格勒的騍馬多在四月初之時到六月中下崮（生產），我卻也在蒙古國親眼見到一匹騍馬生下了牠的孩子，而那天已是7月16日了。恐怕這裡面還有許多值得探討的知識吧。

　　至於胎兒的父親是誰？畫面上只剩最後兩匹馬了，剛好這兩匹馬都有馬伕在旁。一匹在後方，毛色可說是絕美！黑白兩色的鬃毛，身全黑而尾全白，四蹄又皆白，真是難得的絕色。我首先排除牠是兒馬（公馬）的可能，因為兒馬一般都不會供人騎乘。所以馬伕不可能給牠套上了馬籠頭，還將牠繫在樹旁。可是，牠

也不是專供人役使，要走遠路或是還要去前線打仗的騙馬。因為，騙馬是另成一群，很少會進入由一匹兒馬來管理的家庭群體之中的。所以，牠是何人呢？唯一的答案就是：牠還是一匹騍馬，不過今年沒有懷孕。

（是的，不是每次在發情時都剛好可以受孕的。我知道的是騍馬的發情時間大概是一兩天左右，膘好的騍馬發情時間比較早，而一匹兒馬身強體壯之時，可以擁有二十匹到四十匹的騍馬，有時候恐怕還真的忙不過來吧？）因此，我猜想，這匹美麗的黑白兩色搭配得絕佳的馬兒還是一匹騍馬，還是妻妾的身分，剛好今年沒懷孕，所以可以騎乘一下。

是的，牧民出門不大會騎乘懷了孕的母馬，主要是心疼和感激。心疼是怕增加牠的負擔，感激是一匹騍馬二十幾年的一生裡，對牧民家庭的貢獻和幫助……但是一匹騍馬作為杆子馬的時候，又另當別論。騍馬敏銳聰慧，是最佳的杆子馬。所以要套馬之時，還是騍馬比騙馬要厲害多了。

那麼，這個馬群裡的一家之主到底是在何處？應該就只剩下畫面右方這匹白馬了吧？

我必須承認，我是到後來才發現牠的與眾不同。在這裡，郎世寧大師標示得非常含蓄和文雅。甚至我也不敢說我的判斷一定正確，因為和我在草原上觀察的不很相同。

但是，如果畫者已經很有心地在這幅〈八駿圖〉裡顯示出其中不同的生命狀態，他為什麼會讓這個家庭裡最重要的維護者「兒馬」反而成為缺席者呢？所以，我決定這匹白馬應該就是一

家之主了！其實，一旦確定之後，也有了確定的理由。從構圖上看，這匹兒馬站在整個馬群的邊緣，是處於永遠的看守和護衛的狀態，眼神炯炯地注視著那兩匹在嬉戲中的牠的妻妾，也是完全合理並且貼近生活實況的畫面了。」

　　到此暫停吧。我人又沒真的在故宮，旁邊也沒有朋友，我只是一個人坐在燈下，對著一本畫冊上的〈八駿圖〉在自言自語罷了。想到的線索在腦子裡喋喋不休，記在本子上的所謂筆記也是沒完沒了，又快到午夜了，可以停止這一天的工作了嗎？這個午夜，可是2018年最後一個午夜了……

　　不過，再記一兩句吧，不提馬群的事了，是關於寫生者郎世寧。

　　除了有時受限於宮廷內的許多忌諱，以及受困於古老中國某些固執的美學要求，因而會出現一些呆板甚至呆滯的部分畫面之外。郎世寧的寫生，是真正的寫「生」。

　　他不單摹寫出生命的表面形象，有時也摹寫出生命內裡的澄明本質。就像這幅《八駿圖》，更在八匹馬的身上摹寫出生命與外在世界中種種或隱或顯的牽連，包括那作為背景的柳樹樹葉的顏色也是有所指的。而這樣一位真摯又誠懇的寫生者，二十七歲（1715年）來到中國，七十八歲（1766年）逝世。五十一年的時間都在宮裡奉命作畫師，或者為各類作器各處宮闕建築作設計圖樣，這些都記載在清宮內務府造辦處的〈活計檔〉之中了。

　　因此有人會說，他原本希望到中國也能傳揚教義的，可惜被

三個皇帝給耽誤了，宣教事業不見進展。對這種說法，我卻不以為然。

我相信應該有許多人和我想的一樣。用五十一年的時間來完成所有的這些工作。無論是被動還是主動，無論是勉力而為還是衷心喜悅，那信仰，卻是無所不在的。

是的，郎世寧的宣教事業正是因為這些留存到今日的「活計」裡的虔敬與真摯，才更讓我們相信，無論是以何種方式，無論是以何種材質，如果有人心中一直堅持著那最初始的美好渴盼，那麼，信仰的生成和綿延，應該是無所不在的。

註：

李景章先生是出生在蒙古克什克騰旗的攝影家，青格勒則是當地草原上的牧馬人，我們三人從2014年夏天就開始合作，想要出一本關於蒙古馬的書。由於我的工作進度緩慢，又加上疫情的阻隔，此刻還在進行中。

原鄉的課堂

　　昨天的晚餐桌前，大家剛剛坐定，由於領隊查格德爾導演的一句話，這個疲累的小團體情緒忽然沸騰了起來。好像旅途上所有的折騰和折磨都全部消失了似的，只因為這一句話裡所作的無比美好的提示。查格德爾說：

　　「現在，我們已經來到帝國的首都了，如何？要不要喝一杯呢？」

　　是啊！是啊！天下哪裡有這樣剛好的地點，這樣剛好的時刻呢？現在，歷經舟車勞頓長途跋涉之後，我們終於抵達了心中的聖地，當然是要舉杯互祝並且慶賀的最好時刻了！須知，這裡可是大蒙古國的首都，是有著八百年歷史的古老都城所在地，是我們窩闊臺可汗統領天下的哈剌和林啊！朋友們，一起舉杯吧！

　　我想，這就是人類學裡為「族群」所下的定義。世界有時是瞬息萬變，有時卻也可以千年萬年不作絲毫的挪移，端視個人心靈要把自己這小小的存在放置在什麼地方而定。

　　單從表面看來，僅只是短短的二十幾年時間，從我初次前來的1990年秋天，那荒煙蔓草的景象已經成為過去。這古老的都城如今有世界各國的觀光客前來拜訪，我們住在城郊以一座又一座氈房集合而成的既簡便又有古風的新興旅館，旁邊有可供熱水的淋浴間，今天早上是和一群興高采烈的西方女子共用，一人一個

小隔間，好像又回到我在歐洲留學時住在女生宿舍裡的情境了。

　　吃完早餐後，高高興興地去參觀和林當地新建的博物館。館內除了關於哈剌和林的歷史資料之外，最吸引我的是另設的一間專室，陳列的是從附近一座突厥古墓出土的文物，真是光彩照人。一枚水晶戒指完全是現代的設計美感，還有展出的武士陶俑，都堪稱珍品。有一尊騎在馬上的武士塑像雙眼望向遠方，表情空茫，是在出征的路上嗎？旁邊還有一匹披著護身盔甲的備馬，技法樸拙，卻又精確動人，是怎麼做到的？

　　參觀結束之後，大概是同行的蒙古朋友的介紹，館方要我在他們準備的本子上簽名留言。我慎重記下三次來拜謁和林故都的日期（1990、2006、2015），並且致敬與致謝。

　　出了博物館之後，陽光正好，我們大家一起登高走上敖包山。敬拜之後，才發現這裡可以俯瞰整片一直延伸到天邊去的大平原，鄂爾德尼召的遺址清晰無比。這裡是屬於鄂爾渾河流域的一部分，蒙古國烏蘭巴托大學教授，考古學者額爾登巴特先生（Dr. Erdenebaatar）這次帶我一路走來，已經去看了契丹的古廟群遺址，還要再去看回紇古城，過兩天要去看他發掘的匈奴古墓，然後再帶我去看我夢寐以求的鹿石群，這些古蹟都在鄂爾渾河流域之上，這片廣袤的區域，是蒙古高原上，游牧文化歷史積累最豐盈之處。

　　其實，這次行程真正的工作目的是查格德爾導演拍攝額爾登巴特教授的考古專業記錄片。導演計劃是由三十六個配角來襯托這位考古學者的專業成就，我就是那三十六個配角之一，受一通

電話之聘就滿口答應，欣然啟程。查格德爾雖然和我認識已有多年，卻對我沒有第二句話就馬上答應的速度和態度有點訝異。這位大導演有所不知，此行別說是要我當配角，即使是要我做個臨時演員，不管是路人甲還是路人乙，本人也是要千謝萬謝的啊！

真的是要千謝萬謝，因為接下來又有意想不到的好事要發生了。

我剛剛在不久之前聽到的一些知識課程，此刻卻就在眼前得到真確的認證。

敖包山上有一處隆起的地面，聽說是薩滿祭天之處。

敖包左前方的地面上，赫然見到有排列整齊的馬的頭部骸骨，雖然白骨森森，我也是初見，卻一點也不害怕。因為，我已經知道這些馬的頭骨擺在此地的意義和因由，心中反而感到溫暖和喜悅。快速地稍微數算了一下，大概是二十多匹馬的頭骨，這中間牽連著的是多少牧馬人和他愛馬之間的情誼啊！

就是不久之前，就在上個月而已，我人在內蒙古克什克騰草原上，再次拜訪牧馬人寶音達賴先生和他姑丈阿拉騰德力格爾先生。他們兩位這幾年來為了保護有絕滅危機的克什克騰鐵蹄馬，作出了很大的貢獻。

就在6月26日那天，我又和寶音達賴還有他的朋友黃國軍先生（他和我一樣，已是個不會說母語的蒙古人了，卻愛馬如癡），再加上攝影家李景章先生，四人同車去了附近的百岔川，重看他們在2009年尋訪鐵蹄馬的舊地。在車中我也一路在問寶音達賴關於牧馬的各種知識，包括出生、養育、成長、交配、工作和死

亡，同時做了錄音。

　　寶音達賴自小跟著父親牧馬，家族世代傳承的理念加上自己本身累積的體驗，他的回答對我而言是一堂豐盛的啟蒙課程。是我在這之前怎麼也求不到的專業知識，更是包括了一位蒙古牧馬人的胸襟與見識，那是長久以來不為外圍世界所知的悲憫與同情，還有誠摯的對於愛與美的憧憬⋯⋯

　　那天，關於一匹馬的死亡，寶音達賴是這樣回答我的：

　　「對於在馬群裡因為衰老而自然死亡的騍馬和兒馬，我們都懷有極深的感激。想一想，一匹騍馬一生可以給我們生下最少十幾到二十匹馬駒，一匹兒馬（兒馬等於種馬）一生更可以賜給我們幾百匹馬駒。牠們在衰老之時，我們就已經加倍照顧了，死去之後，我們先用牛車或者馬車，現在是卡車把牠們的屍體運到比較高的山上或高地上，一年之後，再回到原地，那時已成白骨。我們就把頭部的骸骨完整的撿拾起來，再騎馬登上更高的山巔，把它好好地放在山巔上，除了說出對牠的感激之外，更以哈達為牠祈福，希望牠來世能轉生為人。」

　　所以，眼前在和林故都的敖包山上靜列著的馬的頭骨，生前是受著尊敬和感激的好馬兒（說不定還有更彪炳的勞績和功勳），死後帶著主人的謝意與祝福離去，這是蒙古高原游牧文化裡最溫柔的一個句點吧。

　　而對於我來說，這一堂課的開始在內蒙古克什克騰草原上，授課老師是牧馬人寶音達賴。這一堂課的實地驗證卻來得很快，

就在一個月之後，在更北的蒙古國鄂爾渾河流域，在和林故都東方的敖包山上，在不知何時就排列於此處的森森白骨之間；而我欣然接受，一點也不害怕，也不詫異。心中的雜念都退去，只覺得平和溫暖。原來，在大自然俯視之下一起生活著的人與馬，是可以如此互相依託互相感念的。

感謝原鄉，給我上了這樣的一堂課。

——2015・7・25 哈剌和林

註：

今天已是2019年2月7日。我想為這一堂課再做些補充。在上面這篇文字裡寫出的只是關於自然死亡的兒馬與騍馬的部分。在2015年6月26日的訪問錄音中，寶音達賴先生還提到一些其他的狀況，他說：

「不只是兒馬和騍馬，在馬群中自然老死的騸馬也是一樣要如此對待的。因為牠也是勞苦功高，幫助了牧馬人的家庭一輩子，也是要感激的。

但是，如果馬匹是病死或者因意外而死亡的就不在此列了。主人當然還是用車子把牠運到比較高的山上或者高地上，也用哈達為牠祈福，但是就不會再去看牠了。至於不幸夭折的小馬駒也是一樣，放到比較高的山上之後，也不會再回去看牠。不過，祝禱的詞句比較不同。通常是在心裡默念：『可憐啊！這麼小就走

了，沒能長起來，可憐。今年做不成我們家的小馬駒，明年再來吧！再來吧！』」

然後，寶音達賴在此時還提到關於馬的壽命，他先說：「白馬最長壽，可以活到三十五歲。」然後他又說：「每年都生育的騍馬，壽命比那每兩年才生育一匹駒子的騍馬短。一般這樣的騍馬會有二十五、六年的壽命，但是每年都生駒子的騍馬到不了這個年紀。兒馬也是要比騍馬的壽命短。」

他還說：「年輕騍馬生的駒子身體好，特別健壯。年老時的騍馬生下的駒子身體弱。」

關於生育，在這裡，寶音達賴還說了一件很神奇的事，他說：「最早我是聽我父親說的，他強調這是千真萬確的定理。後來我自己這麼多年也注意觀察，果然是如此。有那騍馬，一輩子每次生產都生的是公馬駒子的話，牠臨死的前一年最後一次生產一定是一匹小騍馬駒子。所以，每當有這種一直下的都是公馬駒子的騍馬老了的時候，我就特別注意。牠如果有一年生下了小騍馬駒子，我就知道第二年冬天牠一定過不去了。真的，就是這樣，好像最後必須要留下一匹騍馬，才算給馬群留下了可以延續下去的希望。真的是這樣。」

烙在時光裡的印痕

在游牧文化裡，馬群是需要野放的牲畜，而為了辨識，不得不做印記。

學者說，在古老的突厥語中，作為可汗或者國族的「鈐記」，最初最基本的意義其實就是「烙印」，是「烙在牲畜身上表示所有權的記號」。

只是，到了後來，這所有權的「記號」逐漸延伸擴展，從最初的牲畜財產概括到土地，到氏族，最後甚至是代表一個王朝和國族政權的徽記了。

2006年夏季，7月22日的下午，我在蒙古國後杭蓋省鄂爾渾河流域的和碩柴達木地方，在茫茫無邊際的大草原之上見到闕特勤碑時，那一方線條簡潔的後突厥汗國的鈐記就深深地刻印在碑石的正上方，學者說，那是一隻山羊的畫像。

闕特勤（Kül Tegin西元685–731年）是後突厥汗國頡跌利施可汗的次子，為他立碑的是他的兄長毗伽可汗。碑上的這方鈐記就是在更晚的年代裡，被學者定位為第二突厥王朝（西元682–774年）也稱後突厥汗國的家族鈐記。

在我的初中地理或是歷史課本裡，有一張小小的插圖，不知道為什麼，圖片下的說明文字一直深深地刻在我的記憶中，「闕特勤碑」這四個字彷彿烙印，跟隨了我幾乎是整整的大半生。

來到蒙古高原，聽聞了這方碑石就在鄂爾渾河流域之上，也

是要等了好幾年之後才能成行。

　　見到闕特勤碑的那一天，2006年7月22日是個時陰時晴的天氣。從哈剌和林故都的額爾登尼召再往西行，我們的車子不是越野車，底盤不夠高，所以沿著還沒修好的公路旁那些碎石滿布的坎坷小徑行駛，簡直彷彿是永無止境的顛簸……

　　突然間，一切靜止，我們的駕駛把車子停下，剎車桿拉起，她微笑側身向我說：

　　「我們最好在這裡下車步行過去。看！就在前面！」

　　前面，前面是一處無垠的曠野。曠野上方是高高的穹蒼，穹蒼之上濃雲密布，在如此開闊的天地之間，只有一座巨大的石碑獨自屹立，巨大而且厚重。

　　很難形容我的感覺。

　　敬畏、孺慕、欣慰、喜悅，種種混雜在心中的情緒起伏不停，我知道，我當時就已經知道這是人間難得的機緣，可以真正近身面對少年時教科書中那張圖片裡的本尊。已經有一千兩百多年的時間了吧？碑石上刻的無數古老的突厥文在風霜雨雪的侵蝕下還清晰可辨，尤其是碑石上方那作為鈐印的山羊圖記，線條刻得更深，當陽光從雲層的隙縫中照射下來的時候，那圖形更顯完整無缺，好像是昨天才剛剛刻好似的。

　　碑石屹立在無垠的曠野，曠野上有風，有陽光，有雲影。我在石碑的周圍久久徘徊，怎麼也不捨得離開，想著或許還可以再來。

　　果然又再來了一次。

2015年的7月24日下午，在當地稍遠處，新的博物館已經建好，闕特勤碑和毗伽可汗碑已雙雙遷入博物館大廳內並立。同行的朋友好意帶我們再驅車到立碑的原址去看一看。

　　忘記那路程有多少公里，相對於草原的廣大，那車程不算太長，應該也不會太遠吧。

　　應該還是九年前來過的那一處地方，可是原來那種天高雲低浩瀚無垠的氣勢再也找不到了，曾經讓我手足無措心懷澎湃的感動也消失無蹤。眼前只見一座面目模糊的仿製品，豎立在整整一大圈長方形的圍牆之內，或許是要重現石碑初立時的現場規模，圍牆上加塗了淺色的油漆之後再加上鮮紅色的細邊框……

　　一切已不可再得。

　　我當然能了解，為了保護古老的文物，建立博物館是不得不然的善意措施。像是毗伽可汗碑本身，就已經因為多年傾倒在地而受到無法彌補的損傷。並且，剛才在博物館裡，已經看到燈光與背景的色調都配合得很好，使得兩座碑石也依舊保持著凜然的姿態。周圍展出的有關文物不少，其旁的解說文字也條理分明，對於前來參觀的訪客來說，都具有加分的效果；因此，唯一的損失應該就只是讓那些曾經見過原址的人終於明白，一切已不可再得。

　　原來，這「原址」的光華，就在那一座石碑的堅持屹立。歷經了一千兩百多年的日昇月落，窮盡造化之工，凝聚了多少路過的生靈的目光，以及他們（也包括牠們）的精神與魂魄的感動，逐日逐夜為我們構築而成一種無比溫暖的氛圍，是彷彿可以穿越

又可以對話的時空現場。

可惜的是，當時的我是覺得興奮、愉悅、戀戀不捨，卻始終沒能靜下心來細細感受，感受這周遭視野所及之處，在濃雲之下，在和風拂過的草浪之上，有些什麼特別不一樣的溫暖訊息正緩緩顯現……

卻是要到了九年之後，在「重回」的第一瞬間，從自己身體髮膚的最表層一直到心靈的最深處，立刻就發覺那曾經包圍過我的，曾經瀰漫在曠野周遭極其溫暖溫柔的氛圍都已經消失了。縱然陽光依舊，和風依舊，卻有一種強烈的失落感直襲我身和我心，讓我清楚認知，一切已不可再得。

是的，「尋找有時，失落有時。」應該是《聖經》裡的訓誨吧。我只能默默地接受。於是，那烙在時光裡的印痕，終於只能留在我茫然的心底了。

歌・詩・大自然

　　好久沒有和D聯絡了，今天白天接到他的電話，好高興。

　　沒有什麼特別的寒暄，互道近況之後，我們很快就把自己的心事互相說給對方聽了。

　　他開始是仔細分析對騰格爾所唱的〈父親的草原母親的河〉那首歌的感動，他相信自身的共鳴是由於深藏已久的生命中對大自然的原鄉需求而起的。

　　我則迫不及待地想要告訴他，在草原上馬群的家庭生活是如何讓我傾心和震憾。尤其是身為一家之主的種馬，那種既嚴厲又溫柔的看管和督促，永遠走在自己整個家庭（有時候是二十幾匹騍馬加上三、四十匹沒成年的兒女們）那樣一長列隊伍的後面，是監管，也是保護。那神情裡有一種屬於雄性動物特有的自豪和擔當，不動聲色地盡全力來維護這個家庭，負起一切的責任。

　　我向D說，我真的被兒馬表現出來的這種責任感所吸引，所以當地朋友多年前開玩笑說：「有能力還不夠，真正的兒馬還要具有魅力才能吸引到更多的騍馬前來投靠！」好像還真有點道理。

　　我向他形容這種感覺其實除了表面言語的玩笑性質以外，還包括著一種更為深層的嗟嘆。上蒼如何創造出這些具有靈性的高貴的生物，而一群野馬，是比我們人類來得更早更早的生命啊！

　　我們談了很久，分析人類原屬於大自然的本質，為什麼如今會被矇蔽、被圍困於自己設下的桎梏之中？

他說，他今天就是聽到騰格爾對這一首歌獨特的詮釋之後，忽然感受到那種回到大自然原初給過他的雄壯遼闊胸襟裡所該有的一切。所有被困住被遺忘的原初的感覺全部重回，因而不得不一個人突然痛哭起來，哭了很久。在深沉的悲傷裡有一種力量打開他胸中的鬱結，好像重新與真正的自己相遇，原來那美好的屬於生命的本質還在！

　　D的語言一向都是很沉著的那種條理分明。不過今天談到對自身的突然出現的省察，有種更深的誠摯，使得他的每一句話在我聽來此刻都變成清晰有力的詩句。他向我講述在我們這個島上一首由花蓮的阿美族所傳下來的古老的祭祀之歌：北風如何在山野間吹襲，小小生命如何靜默地發芽，再牽引另一個生命的出現。小動物、大動物，步伐參差不齊。然後獵人出現，靜坐觀看足跡。可是這一切此時卻都與狩獵無關……

　　是的，每一個生命都有它應該有的位置。

　　在我們的談話結束之前，我心中忽然有了一種觸動，怎麼會這麼巧？這幾天正想給《青格勒的馬群》這本書的文字定一個基調，D的電話就來了，讓我心安，讓我知道自己只要平平實實地寫下去就好。在這整本書裡，我只是個記錄者、敘述者，努力做好這個工作就可以了，別無他想。

　　只為，每一個生命都有它應該有的位置。

　　我向D說出我的感激，他呵呵地笑了。他說他今天幸好找到了我的電話，覺得我應該可以分享他對這一首歌的感覺，想不到真的就可以談得這麼愉快，也真是很久很久沒通音訊了呢。

放下電話之前，我們互道祝福，彼此相約要好好工作，也要好好過日子。

　　真是知心的朋友啊！知道各自都在工作，所以並沒有約見面。

　　然後我就想到在薩滿神歌裡，有時為什麼那樣不厭其煩地對各種生物一一叫名。譬如在那首〈召喚候鳥之歌〉裡面，在十九段各五行或四行不等的超過百行的文字中，許多生物的名字和在這個季節裡該有的狀況都必須清楚呈現。禽鳥的名字要從鴻雁、黃鴨、白額雁、野鴨、雄鷹、百靈鳥、布穀鳥等等一直排列下來。而地上的淡米黃色騍馬、金棕色騍馬、花騍馬、淡黃色騍馬、黑騍馬、鐵青色騍馬，一直到青山羊、母黃羊、母牛、黑母駝等等這些雌性的動物正值要下駒或是下羔的生產時刻，也都要一一列舉。整首神歌的背景則是在大自然裡的山巒、深谷、河流從冰封的冬日來到融雪的春天，土地舒展，植物生長的時刻……

　　聽著D對我講述阿美族的祭祀之歌的時候，我好像才真正明白了前幾年跟著尼瑪老師一起翻譯的這首薩滿神歌，我當時的確在心裡埋怨過，怎麼重複得這樣沒完沒了。而其實，在每一小段裡，先民放進去的感情和形容都有極為細緻的差別，因為，每一個生命都有它應該有的位置，而那些位置之間也都有它該有的特色，以及在我們記憶裡的不同的牽繫。

　　如此美好的生命，一個也不捨得忽略。所以，每當要召喚之時，我們必須不斷地一一關照，一一叫名……而這也就是我們的一生了。一如這首神歌最後所示：

直到黑髮變白　少年變老
潔白如玉的牙齒鬆脫掉落
……
願每一天都是吉祥的日子
每一月都在幸福中度過
呼來　呼來　呼來

2018・10・13

一個「旁聽生」的課間筆記

是我這個執筆者的根基太淺，也不可能有更深入的報導。不過，到了此刻，心中還是覺得有些愧疚不安，所以，就把我這個「旁聽生」東搜西抄的課間筆記拿出來，稍微補充一下，好嗎？

其實這也就是我自己想要知道的知識。譬如：「馬真的是站著睡覺的嗎？」我得到的回答有兩個來源。先是牧馬人寶音達賴告訴我的，他說：

「馬一天有七十二覺！平常白天的時候，他站著就可以睡著，只需要一兩分鐘的時間，就休息過來了。晚上也是可以站著就睡著了，但是夜深以後，有兩段沉睡的時間，那時就會躺下來，好好睡個幾十分鐘吧。」

然後，從內蒙古農業大學的馬業研究中心首席專家芒來教授的書中，我抄來的回答是這樣的：

……馬通常是站著睡覺，一天之內可能只有短短幾個小時是躺下來睡的。站著睡覺是繼承了野馬的生活習性。野馬生活在一望無際的沙漠草原地區，在遠古時期既是人類的狩獵對象，又是豺狼等肉食動物的美味佳餚，牠們唯一能做的就是靠奔跑來逃避敵害。而豺狼等食肉動物都是白天隱蔽在灌木草叢或土岩洞穴中休息，到夜間方出來捕食。野馬為了迅速而及時地逃避敵害，在夜間也不敢高枕無憂地臥地而睡。（《馬年說馬》61–62頁）

所以，即使如今的家馬，早已脫離了那種恐怖的威脅，古老的基因影響仍在。

　　芒來教授的書上有統計：

　　成年馬平均一晝夜睡眠累計約六小時左右，深睡只限兩小時，多半到破曉之前，馬在深睡情況下才進入未知覺狀態，其他時間的睡眠呈半知覺狀態。吃飽後只要安靜站立即進入睡眠，只有在非常安全舒適的情況下，馬才會躺下來睡覺。

　　那麼，馬又是憑藉著什麼來察覺危險來臨的呢？

　　當然，動物本身的直覺是很重要的本能，不過，牠的聽覺與嗅覺的高靈敏度更是在曠野中求生的最佳稟賦。

　　在芒來教授的這本《馬年說馬》中有很詳盡的解說，我只摘取一小部分放在這裡：

　　馬的耳朵不但具有靈敏的聽力還有很強的辨別聲音的能力，馬在特殊情況下與蝙蝠一樣具有很強的利用回聲進行定位的能力，牠能辨別各種強度的聲音，簡直令人難以置信……可以說聽覺非常發達是對馬視覺欠佳的一種生理補償，這對在原始環境中生存的馬是非常必要的。（《馬年說馬》45–46頁）

　　所以，馬能夠聽到我們人類聽不到的遠處即使極其微弱的聲

音。幼駒以此知曉母親的呼求和尋找，離群的馬以此追索同伴們的存在並且互通訊息，牠們的世界比我們想像的豐富多了。

關於嗅覺，更是神奇！讓我們看看學者如何解說：

馬能根據嗅覺信息識別主人、性別、母子、發情、同伴、路途、廄舍和飼料種類，等等。發情母馬的氣味可以遠距離吸引公馬，這當然是靠公馬敏銳的嗅覺……群牧馬或野生馬依靠嗅覺可辨別空氣中微量的水汽，藉以尋覓幾里以外的水源和草地。這就是為什麼野生的馬群能夠在乾旱的沙漠中生存的緣故。另外，馬在草原上能辨別有毒的植物，因此很少因誤食毒草而中毒，同樣，馬也能依靠嗅覺鑒別出汙染的水而不會誤飲。」（《馬年說馬》49–50頁）

如何？這樣的能力已經比我們人類強多了吧？

而關於馬的性格和性情呢？那麼，在這裡就要回過頭來聽聽草原上的牧民怎麼說了。從2014年的夏天開始，每年夏天我都會回到母親的克什克騰草原上拜訪三位牧民，並且得到他們的同意可以將談話錄音。這五年來使我增長了不少知識。每當談到馬的情緒和行為之時，他們三位的見解都相同，而以寶音達賴的回答最具代表性，他說：

「唉！馬除了不會說話之外，有什麼是和人不一樣的呢？」

這三位牧馬人就是寶音達賴，還有他的姑丈很會製作馬鞍的阿拉騰德力格爾先生，以及年齡比他們稍小的青格勒。

他們也說，除了以毛色為馬匹取名之外，有時也會以牠們的性格取名。譬如機靈的棗紅馬，烈性子的鐵青馬，或者不馴的黃驃馬等等，可見馬的性格也各有差異，和人類的世界一樣。據說，在同一個兒馬組成的家庭裡，在騍馬眾多的妻妾之間，也會爭寵，也會耍心機呢。而我見過的小馬駒，對父親充滿了崇敬之情。

在這五個夏天裡，這三位牧馬人真的好像在為我組成了一個短期特訓班一樣，時時刻刻不厭其煩地回答我的問題。

在這裡，我除了要向他們三位表達我的感激之外，還想再多說一件事。應該算是我在這五個夏天與他們共處的時間裡，自己慢慢體會出的一點心得吧。

我發現，在這三位牧馬人的身上，在他們誠懇謙和的個性與態度之外，還另外具有一種潛藏於內裡的獨特氣質。

這氣質，很難形容，或許是天生，或許是長久的涵養，竟然孕育出一種安靜又沉穩的傲氣。是的，確實是「傲氣」。不過，這傲氣既不傷人也不自傷，且是一種能量。

我想了又想，終於明白了，這應該就是自亙古以來，蒙古高原上的牧馬人所共有的特質。這傲氣，是能量，也是信仰。讓他們能一直堅持到今日，還始終不離不棄地處於游牧文化的中心，面對從四面八方洶湧前來的變化而不為所動。

不為所動，只因有值得為此堅持的信仰，傲然挺立在心中。

2019・3・29

七顆小石子

　　劍橋大學的學者Piers Vitebsky，在論及「薩滿」的任務時，他曾說：「作為薩滿，可能是世界上最早最古老的一種專業了。在現今的工業社會裡，這包括已經被分工成為好幾個不同的行業如醫生、心理治療師、軍人、預言家、神父或牧師以及政治家等等。」

　　是的，「古老」的本質，並非就是必須棄之而不顧的淘汰物件。相反的，有些恰恰是人類思想裡極為珍貴的源頭和雛形，正應該做為研究和探討的對象才是。

　　2015年夏天，由北京的民族出版社出版的《薩滿神歌》一書，是在尼瑪先生的指導下，由他和我合作編譯完成的。書中除了有二十九首漢譯的薩滿神歌（也稱「贊歌」）之外，還有幾篇尼瑪與我之間的對話記錄，討論薩滿信仰的核心以及與人類生活間的種種關連。

　　尼瑪說：「古老薩滿的有些行為，表面上看來似乎只是一些例行的儀式和固定的符號，但事實上這些儀式與符號，都含有一種在精神上的撫慰、激發，甚至鼓勵的作用。」

尼瑪還給我舉了一個極為珍貴的例子，他說這是東部蒙古扎魯特旗巴彥塔拉村一位名叫阿希瑪老媽媽（1916–1993）親口告訴他的。

　　阿希瑪老媽媽自身並非薩滿。不過，在蒙古高原之上，一般牧民對許多屬於薩滿信仰的規矩都非常清楚。尤其是作為把九個孩子平平安安養大的母親如阿希瑪老媽媽這樣的女子，在她虔誠的一生裡，珍藏著許多寶貴的資料和實例。

　　阿希瑪老媽媽說：

　　「草原太廣大了，人在其中，有時候會有種孤獨感。尤其身體弱的人，在生產較忙的季節，譬如春天要照顧小馬駒、小牛犢、小羊羔的出生，秋天要有去打草和運草糧準備過冬的種種勞動。大家都出去工作了，生病的人經常一個人留在家裡，就可能在心理上產生一種恐慌感。而當他認為自己的靈魂有脫離的現象就恍惚難安的時候，也不可能去找到薩滿，這個時候，他就可以自己來為自己招魂。

　　這是一種自救的方法和儀式。

　　這儀式需要在井旁進行。

　　在草原上，為著馬群每天要回來兩次飲水的需求，一口井是在離家不太遠的地方，步行很快可以走到的。在往前步行的時候，病人先要在草地上撿拾七顆大小差不多的小石子拿在手中。等到到了井旁，他先要從井口往下看著井中的水面，當他看到水面上反映著自己的面容時，就可以開始進行招魂。

　　「首先口中要清清楚楚地說出『我的靈魂要附回到我的身體

裡面來』。然後朝井水投下一顆石子，先仔細辨認水面上的泡沫還有漣漪的紋路，還要仔細聆聽井水的回音。

這樣做了以後，就重新說一遍：『我的靈魂要附回到我的身體裡面來。』然後就再投下一顆石子，再仔細觀察與聆聽。連續投下七顆石子之後，病人就會發現，自己對水上的泡沫和紋路看得更清楚，井水的回音也更清晰，他就可以確定，自己的靈魂已經安然附回到身體裡面來了，招魂的儀式就算完成。

而「七」是北斗七星的神聖數字。」

那天，是2014年8月4日的午後，在尼瑪先生北京的家裡，我聽到這一段轉述，心中很是激動。原來，在最孤獨無援的處境下，薩滿教竟然也預先設想到了，給一個生命個體安排了自救的方式，讓他慢慢脫離了之前的軟弱與恐慌。而且這些進行的程序完全符合現代心理學的觀念，是以縮小範圍、集中意念、專注，並且加上緩慢的重覆，使得這個個體可以逐漸恢復自信，真是太厲害了！

前不久，我轉述這一種自救的古老方法給哈達奇・剛先生聽，他也激動了，因為想起了自己的童年。

他說：「是的，北斗七星的『七』，這個數目字，是有力量的。記得在我小時候，正月初七的晚上，父親會帶我們三個孩子出門往北走，去祭拜北斗七星。回家的時候，父親走在前面，也不回頭，就大聲地叫我們的名字。叫了一個，有回應之後，再叫第二個，再等孩子的回應，然後是第三個……每人的名字要鄭重

地呼叫三次，每個孩子也要鄭重地回答三次，這印象太深刻了！

冬天的夜裡，在野外，聽到父親呼叫你。心裡也明白，他不單是在呼叫你的名字而已，他也是呼叫你的靈魂，呼叫你身體裡的蘇力德，呼叫你靈魂裡的蘇力德；更向北斗七星祈求和召喚兒女的福分。所以，父親的聲音，聽來那樣莊嚴和溫暖。

在冬天的晚上，一年剛剛開始的時光裡，他一方面向上天祈求，能夠保佑自己的孩子。一方面又叫著孩子的名字，提醒他必須奮發向上。我到現在還記得他的聲音，那樣慎重地清清楚楚地叫著我們的名字。」

親愛的朋友，我多麼羨慕自幼生長在原鄉大地上的你們，能夠在心中保有如此莊嚴和溫柔的記憶。

而我所能做的，就是把我聽到的、見到的、從書裡讀到的，關於這原鄉大地上美好的一切，都儘量記錄下來，作為「旁白」，敬獻給每一位引路人，謝謝你們在這幾十年的時光裡給我的幫助和指引。

或許，你們會糾正我說：

「不是的，是你心中的蘇力德醒了，讓你能夠重新恢復了這古老的卻又是全新的信仰。」

不過，這一條長路，可真的是你們帶著我一步一步慢慢走過來的啊！

生命的謎題

「竟能那般沉穩，一條直線橫過就是大地蒼茫了⋯⋯」已然過世的故人，多年以前如是說。

那是風雪凜冽北美東岸，離鄉半生的小說家在初見後，向我問及：是否認識席慕蓉？我提及席氏之詩，小說家談的是席氏之畫；你知道長年被家鄉拒絕的小說家父親乃是高齡的膠彩畫名家，日本領台時代，列之「台展三少年」之一，以之家學淵源，想見對繪畫藝術自有心得。表明雖長居紐約，卻不喜涉足美術館細賞真蹟，寧可靜閱畫冊，再三反覆尋索。

「一條直線橫過⋯⋯」小說家停頓半晌，略為思忖地接續：「她的地平線就有色彩了。」回憶所及，似乎用心，莊重地詢我關於席氏的文學著作及在臺灣讀者的評價云云。身置小說家服務的聯合國二十三樓，他專屬研究室窗下正是東河，指著河中一塊突兀的岩石，中間竟有一抹結冰若水晶的獨立樹；小說家形容冬冷之前，樹上有窩斑鳩家族：「雪融後的春末，牠們會按時回來，好像約定。」他溫暖地笑了，而後邀我近窗俯望，若有深意地自語：「你看那植物，多像席慕蓉畫裡，地平線的孤樹。」

幽幽地，半睡半醒的我，竟會彷彿依稀地夢見十多年前，與小說家初見時的談話，卻是從席慕蓉的繪畫說起。小說家別世後，再難以持續每週一次的子夜越洋電話，否則此刻夢醒時分，我可以立刻尋出畫冊，與時差半日的小說家傾讀關於席氏顏彩中

的地平線或者蒙古。

以上的文字，是作家林文義的散文〈地平線〉中的前半部。

初讀之時，心中震動，驚喜與疼痛的悵惘同時襲來，竟不知如何自處。

其中最強烈的震撼卻是：「是郭松棻啊！」是的，怎麼也想像不到，我最敬慕的小說家郭松棻竟然會注意到我的繪畫。

而作為讀者的我，一直覺得他的文字力量極為強大、深沉、冷冽，卻又有一種難以明言的溫暖。

他在臺灣發表的小說，我讀到的不能算多，但每一篇都特殊的好，好到每次讀完之後，整整一天，都不能再去讀別人寫的書。

好像心裡已經滿了，不能再容納任何其他人的文字滲透進來一樣，即使是我極為鍾愛的作家。

但是我從來沒有機會認識他。

郭松棻逝於2005年7月9日。我在《2006席慕蓉》那本日記書中，5月28日，曾經特別寫到自己對郭松棻的強烈感覺，像是一種表面平靜無波卻在海底最深處爆裂的震撼……

而那時，我也還不知道他曾經對我的注意。

林文義的這篇〈地平線〉應是寫於2009年，但是我忘了他是什麼時候告訴我的。

在電話上，文義告訴我，他初次去拜訪小說家那天是1995年

12月21日，紐約有大風雪，郭松棻把他引到窗前，要他看高樓之下，風雪中那一棵結了冰的「孤樹」，並且用手指在玻璃窗上畫了一條「地平線」，以此來繼續討論關於席慕蓉的繪畫。一個遠在千里萬里之外的陌生人的創作，竟然成了那天文義與小說家初次見面時的共同話題。

知音難覓，創作上的最大歡喜應該就是你素所敬佩的那個人竟然也肯定你！若不是文義的告知，我如何能感受這樣的歡喜，是多大的鼓舞啊！

可是，在接受的同時，卻又清楚明白地知曉，斯人已杳，死生契闊，在我們之間，隔著的是再也難以克服的距離了。

怎麼會是這樣？

人世間如此的安排，真如難解的謎題，究竟是由什麼力量在主導呢？

其實，說到在我素描中常出現的那一棵「孤樹」，也曾是個難解的謎題。

在歐洲習畫之時，年輕好強，有時在課業上拚得很厲害。畫大幅的油畫日以繼夜，累了的時候，就喜歡在白色的素描本上用黑墨水的鋼筆畫一小棵樹，在空曠的大地上，拖著又細又長的影子，那斜長的樹影伸得越長，心裡好像就越舒坦……

這習慣保持了很久，有時是三、四棵樹都拖著細長的影子，散亂地站在大地上。一直到1989年8月，那個夏天，我得以踏上從

未謀面的原鄉，等到長途跋涉翻山越嶺終於抵達蒙古高原進入我父親家鄉附近那起伏的無邊草原之時，我恍如進入了一場美麗的夢境。雖說是從未謀面，卻怎麼處處都似曾相識？

然後，同行的好友王行恭從他的車中向我們這輛車揮手示意，要駕駛把車速放慢，再停下來，然後，他說：

「快看！席慕蓉，你的樹！」

在我們前方，原野廣袤遼闊，天與地之間只有一條微微起伏的地平線，一棵孤獨的樹，長在漠野的正中，西落的斜陽把樹影畫得很長很長……

謎底揭曉：一直以來，長在我心中的樹，原來就長在原鄉。

原來，這座高原，表面上雖與我是初遇，卻絕對是生命最深處那靈魂的舊識。

我想，這應該就是郭松棻對我的地平線與孤樹特別注意的原因了吧。以小說家具有的深沉而敏銳的老靈魂，必定感知了其中的蒼茫尋索……

這裡是蒙古國後杭蓋省溫德爾烏蘭蘇木，山谷叫做基日嘎朗圖音阿瑪，譯成漢文就是：幸福之門。

整個長長的河谷地都屬於汗諾巴克。

我有幸跟隨烏蘭巴托大學的考古學教授Dr. Erdenebaatar和內蒙古導演查格德爾前來。我雖然不是初次見到鹿石，但像這樣眾多與美好的鹿石卻從來沒有機會見到！

整個上午就在鹿石群中走來走去，中午回到距離算是「附近」的牧民家中午餐，下午再回來，就起風了。那風勢凌厲並且永不止息，我才明白，為什麼每座鹿石背面的紋路都模糊不清了。

（有一點小趣聞：請看圖中三人的服裝，就知道蒙古、內蒙古和臺灣三種人的抗寒能力如何了。）

〈附錄〉

訪談錄

尋路故鄉——席慕蓉訪談錄

韓春萍：祝賀席老師的新作《英雄時代》出版！對蒙古高原和游牧文化的書寫是您的一種原鄉情結。但在工商業文明和城鎮化浪潮蔓延全球的大背景下，各個民族的原有文化和生活方式都發生了改變，這個原鄉似乎就變成了文化上的，精神上的原鄉，不僅蒙古高原對您來說如此，我的故鄉對我來說也如此。我有一種感覺，作家就像蝸牛，他們把故鄉背在身上流浪，您的書寫正是在為自己建構故鄉。不知我的感覺對嗎？請您分享一下這方面的體驗。

席慕蓉：謝謝您容許我用手寫方式回答。雖然會以電腦整理或發送自己的攝影資料，但至今仍然捨不得放棄手寫，用鋼筆在白紙上一個字一個字寫出來的感覺，難以取代。請見諒。

對故鄉的感覺並無對錯之分，各人有各人的經驗。我生在亂世，並沒有福分自小就擁有一個就在身邊的故鄉。但是我的福分是來自熱愛故鄉卻又遠離故鄉的長輩給我的教育。外祖母，父親，母親，他們三位從我幼時就給我的身教與言教深深影響了我。因此，等我在過了半生之後真正見到了蒙古高原的時候，他們給我的教養再加上之後才明白的生命裡來自古老血脈的遺傳，使得自小在心中埋伏著的火種在瞬間熱烈地燃燒了起來，求知的渴望無止無盡。從1989年走到今天，我逐漸發現，原來雖然有了

許多現代化的城市，人口也多了許多，可是在蒙古高原的山川之上，在游牧族群的傳延之間，有一種極為可貴的本質還在。那是一種我只能稱之為「寧靜的巨大」的本質從未消失，昨日恆在。

韓春萍：您曾在《我給記憶命名》中寫道：「無論在表象上多麼平凡卑微的生命，上蒼其實都賦予了這個生命一種本質上的高貴和尊嚴。」您說「人類逐漸忘了自己是屬於這美好的大自然，與所有的生靈原是美美與共的。人類的原鄉本來不就是那和諧共生的大自然嗎？」此刻站在歲末回顧自然災難頻繁的2020年，無限感慨，游牧文化和薩滿文化都是生命意識非常濃郁的文化。能否理解為您所有的文化寫作本質上都是對大自然這個原鄉的禮讚？您的焦慮也是因為人和大自然之間的關係越來越糟糕？

席慕蓉：現代文明以及科技的進步原本應該是改善我們生活的好事。可惜的是，人類被教育成太驕傲又太貪心了，如今的發展，對整個地球的生態環境來說，已經是一種「掠奪與毀滅」的行為了。

我們可不可以這樣去想，只要是活在此刻的人，都可稱之為現代的人，而現代人有權利可以用彼此完全不同的方式活著。在評論他人的生活方式之前，先要明白那週遭的生態體系是如何運作，你才可以發言。

以蒙古高原上的生態環境來說是比較脆弱的。從新石器時代開始，這塊土地上的居民就在尋求如何能在如此嚴酷的條件下，

求得與大自然共處共生的方法。幾千年的時光裡，游牧文明的成型是以草原、牧民、牲畜三者的和諧互助才能達成的，是一直走到今天我們還能擁有那樣遼闊無邊又具有生產力的草原的最主要原因。所以在此借用我們的學者孟馳北先生的說法：相對於西方或者說工業革命之後的文明是一種顯性的文明，那麼，游牧文明則是一種隱性的文明。

如果高聳入雲的摩天高樓、精緻的教堂建築等等都是顯性文明的表徵。那麼，幾千年來，多少游牧族群走過的，居住過的山川大地和那一望無際青青草原依舊是原來寧靜而又潔淨的本初面貌，有誰能明白這樣的「空白」是要用多少心血護持才能做到？孟馳北先生說的屬於游牧民族特有的美德，就是隱性文明最珍貴的本質。是用一種「退讓的姿態」來迂迴前進。

在薩滿文化的信仰裡，是要與大自然和諧共生，相信萬物有靈，相信眾生平等。現在有許多學者已經明白，被認為是古老的游牧族群所堅持的信仰和生活方式，其實是現代人類在20世紀60年代時才剛開始警覺到的環保思想。

因此，那樣古老的時光裡，先民的警覺卻是如此超前，我想恐怕是因為生活艱困，與大自然近距離接觸，心存謙卑的緣故吧。

還有那一直保持著的重盟約、存仁愛、堅持互相合作的種種美德，原是人類共有的在悠長的時間歷程裡，逐漸萌生的美好品質，可是，為什麼能在游牧族群的草原生活上完全實現？我想，恐怕是因為自然生態環境的嚴酷。蒙古高原地廣人稀，在游牧工

作上是優點，在物質的供需上卻比較困難。因此，在茫茫千里萬里的草原上是生命與生命之間必須互相幫助才能存活的要求使然吧。

是的，一直到今天，在內蒙古，在蒙古國，在我這三十年來走過的草原上，沒有一座牧民的氈房，或者我們可以稱之為穹廬的門是鎖上的。即使是主人外出了，家中無人，門也只是為了防風而拴扣上而已。旅人可以光明正大地打開門走進去取火煮水燒茶，拿出自己的乾糧進食。離開的時候再將一切歸還原位即可。我們有時候會放一些糖果表示感謝之意，再把門一如原先那樣拴扣好就可以走了。

開始的時候，我還很忐忑不安。同行的蒙古朋友對我說，是自古的風俗如此，又加上我們的可汗曾經鄭重囑咐過大蒙古國的臣民要特別「善待行旅之人」。所以，我要把心放寬，這是家裡沒人的情況，一切自助自重即可。

有時，我們也遇到剛好主人在家，也是如此。有幾次互相交談時談得高興了，那種熱情與融洽的歡樂款待，真是此生難忘！

說到這裡，我要特別強調，其實一個文明與另一個文明之間，並無優劣之分，只有差異而已。所以，我們如果願意互相了解，造成差異的原因的話，對雙方應該都是有益的。

忽然想起，大家還記得上海那三千孤兒被國家送到內蒙古去撫養的事嗎？草原上的牧民們家家戶戶以豐盛的牛奶和羊奶，把這些可憐又可愛的孩子都養大了，不也是由於文明之間這「差異」的可貴嗎？（當然還有「愛心」，但這就是人類共有的美德

了。）

　　韓春萍：這幾年您致力於寫蒙古族的英雄敘事長詩，英雄也對應著每個人心中的英雄情結，祝賀您的詩集《英雄時代》出版！請您介紹一下好嗎？通過寫作，您有沒有覺得一個民族的英雄往往也代表著這個民族的文化人格，英雄身上具有怎樣的珍貴特質？這方面能請您具體分享一下嗎？

　　席慕蓉：很對不起，我讀的書太少，範圍也不夠廣。您在此所言的「一個民族的英雄往往也代表著這個民族的文化人格」，我是第一次聽到「文化人格」這個名詞，還需要慢慢去揣摩才能回答。非常感激這個提示，謝謝。

　　非常慚愧，我也不能具體說出英雄身上具有怎樣的珍貴特質。

　　只為我的知識背景真的只是一個終於在半生的隔離之後，得以踏上蒙古高原的旁聽生，而且還是不通自己母語的遲到的旁聽生！

　　因此，在這本《英雄時代》裡，我不敢直接寫可汗，深知自己沒有這個能力，更沒有資格，我不敢。

　　所以，我是以可汗身旁的英雄人物作為主角，一位又一位試著慢慢寫過來，或許，或許可以揣想出當年創建大蒙古國的我們的成吉思可汗英姿偉業於萬一的萬一。

春萍教授，謝謝您給我的評論，給了我許多提醒甚至是我自己本身也一直沒察覺到的影響的啟示，我非常感激。

　　因此，乘著這難得的可以彼此討論的機會，我也很想向您報告一下自己最近的心得。

　　回到原鄉之後，這三十年的行走之間，每每在遇到一處沒受到汙染、沒遭到毀損的山河大地之時，我都會突然整個人好像興興旺旺地活了起來一樣，精神百倍，宛如獲得新生，心中充滿了感激。感激這就在我眼前顯示著的這萬古長存的山河，感激這生機勃發充滿了力量的大地，同時更感激這就在我身旁，從來不曾挪移過寸步的有關於昨日的一切記憶。

　　有好幾次，對著這樣美好的無邊無際的山河，我幾乎想大聲呼喚，大聲道謝。

　　在您這篇分析我的創作初衷的論文之中，以心理學家榮格所提出的。每個人在他的精神層次的更深處依然居住著一個有兩百萬歲的古老年齡的古代人。

　　而在2014年10月，我注意到諾貝爾獎醫學獎頒給了三位學者，表揚他們以現代科技的研究，發現了人腦中主管記憶的海馬迴，原來也掌管了人類的「空間認知」。就更可以証實我們每一個現代人都具備了「老靈魂，新眼睛」的條件了。

　　而我這前半生無緣處身於故鄉的遊子，在終於回到蒙古高原之時，用以觀察周遭的眼睛更是新之又新了！即使在閱讀《蒙古秘史》之時，在漢譯本中的文字，對我來說常常是一幅又一幅非常清晰動人的畫面。而當我把這些畫面給我的觸動用言語在一次

會議中報告出來以後，一位我非常景仰的教授在會後微笑著對我說：

「真奇怪了！我們讀《蒙古秘史》讀了這麼多年，怎麼都沒看見那天晚上的月光呢？」

當然，我明白他是在鼓勵我。不過，我隱隱覺得這裡面是有些值得去探索之處。

一直到我這幾天讀到美國詩人華萊士‧史蒂文斯（Wallace Stevens1879–1950）的一本詩文集《我可以觸摸的事物》（馬水波譯，商務印書館2018.8初版），在他那篇論〈詩歌與繪畫〉的文章裡，其中有幾句話，簡單明白地就指出了我一直以來的錯誤。我把這段文字抄在這裡：

「……所有這些細節，對詩人的重要程度和對畫家一樣，它們是詩歌與繪畫關係的具體例證。因此，我推測用研究繪畫來研究詩歌是可能的，或者一個人在成為詩人之後也可能成為畫家……」

那麼，是否反之亦然？一個人在從事繪畫之餘也可因此而去成為喜歡寫詩的人？

讀詩與寫詩，既是如葉嘉瑩先生所說的是生命的本能。那麼，繪畫應該也是。想要去創作的本能，在生命裡應該是相通的。史帝文斯之後也如此說了：反之亦然，畫家也可以成為詩人。

所以，我就不應該一直強調自己寫詩只是生命的一片痴心，從來沒受過文學的專業訓練。

這是錯誤的並且也是極其狹隘的想法。

在我的狀況裡，這所謂的痴心，也就是本能，絕對有受過訓練，而且還是可以稱之為嚴謹和歷時已接近一生的訓練。

從少年到此刻的暮年，從每一日的清曉到深夜，我所接受的繪畫訓練使我總是不自覺地在接收著眼前所及的種種光影訊息。從形狀、層次、質感、色光等等的變化，一直到和自己心境所受到影響而滋生出的不同觸動，我總是會考量著要如何去將它們的局部或者整體在自己設想的畫面上重現……

那麼，相對於去「寫一首詩」而言，過程不也是極為相似？

在臺灣師範大學美術系林玉山教授的國畫課堂上，在山林間或是在教室裡的四季花卉寫生，應該是基本功。可是，一次在林老師友人庭院裡綻放的懸崖菊，白色花簇如瀑布般奔湧而下的生命狀態，不也在多年之後成為一首詩？

而在布魯塞爾，在Léon Devos教授的油畫課堂上，除了平日的寫生課程外，每月還都須另交一幅自己構思的畫作。在這張作業裡，繪畫性與文學性的質素並存，統稱「Composition」。

而當我在多年之後，終於見到原鄉，那身體上的老靈魂和新眼睛，在長久貯存的火種終於被點燃之後，生發了許多想要敘述、想要表達的渴望。因此，再是艱難，再是生硬，再是拙劣，這幾首英雄敘事詩都不能再托詞是沒有受過專業的訓練了。

對不起，說得太多，是否已經離題？

韓春萍：謝謝您！我們特別期待讀到《英雄時代》。您在

《我給記憶命名》中寫道自己將故鄉的文化慢慢轉化成詩作之時，彷彿每一行每一句都是難題，您覺得主要難度在什麼地方呢？

席慕蓉：或許一方是農業民族，一方是游牧民族，這兩個民族間的生存環境天差地別，生活方式（或者應該說自古以來的存活方式）也是有很大的差異。

一如此刻在回答您的問題之時，我又要重複解釋由於生態環境的不同，造成對土地認知的不同等等等等。自己就先累了。

因此，在寫這七首敘事詩的十年之中，前期時段裡，我確實繞不過這個「想要解釋」的念頭和企圖來。不過，齊邦媛先生對我說了一句話給我解開了，齊先生說：

「無論如何，敘事詩還是詩，不是真正敘事。」「有太多說不清楚的，只有自己懂，就不要去要求別人都懂吧。因為，最傷害詩意的就是解釋。」

在此，我又要岔出題外去了。春萍教授，我想您既然手邊有《我給記憶命名》這本書，一定看到齊邦媛先生和葉嘉瑩先生對我的前面四首敘事詩的意見吧？齊先生是鼓勵在先，等到看到我第一次發表的《英雄博爾朮》時，真是失望極了！對我作了語重心長，非常嚴厲的批評。而葉嘉瑩先生最早讀了我第一首發表的《英雄噶爾丹》，就打長途電話來勸阻我，說我不適合寫理性思辯的詩。甚至一直到我再寫了兩首之後，葉先生仍然告訴我，她

認為寫得不好！

　　聆聽的當時我就知道自己有多麼幸運，能夠遇見這樣愛護我的嚴師。所以我必須試著把心裡這種非寫不可的渴望向先生解釋清楚才行。奇妙的是，當我解釋了之後，葉先生就說了這幾句話：

　　「如果你心裡一直有這個願望，那麼也是由不得自己的，那就去寫吧。寫了出來，無論好壞，也是值得的。」

　　春萍教授，如您所知，從此一切就變得極為明朗了。我於是聽命而行，繼續向前。

　　為什麼此刻要舊話重提呢？那是因為正在給您寫這篇書面的回答之時，昨天（2021年1月18日）晚上九點剛過，葉先生從天津南開大學打電話給我，說剛收到我的《英雄時代》了，特地打來道謝。又說自己年紀大了，閱讀比較吃力，恐怕也不可能細讀，但是先生說：

　　「我想你還記得我們當時對於敘事詩的那段交談吧？所以我今天看到這本書特別高興，替你高興，終於寫出來了。」

　　春萍教授，我不怕別人誤會我是在這裡眩耀。（或許他們的看法也沒錯。）可是此刻我是誠心誠意想與您分享我的感動。自言已接近百歲的葉先生其實不必打這通電話的，她只要讓身旁的，我也熟悉的南開大學老師轉告我就可以了。可是，先生對待晚輩卻還如此慎重，心思還如此縝密，記憶力更是超強。

而站在文學的立場，葉先生依然不贊成我去寫偏重理性思辨的敘事詩，但又同情我那非寫不可的渴望，所以她的替我高興也是由衷的。因此先生特別提醒我：「我想你還記得我們當時對於敘事詩的那段交談吧？」

　　聽到這句話時我不禁熱淚盈眶……何幸而能遇見這樣愛護的我的嚴師。

　　請容許我在此一再訴說，因為筆在手中，趁著回答您的訪談之時，向遠在西安雁塔之旁的您把這對我而言極其珍貴的時刻說出來，希望您也能感受到葉先生對文學的慎重與堅持的態度。

　　韓春萍：如果是表達方式的難度，您覺得口傳文學中的英雄史詩對您寫作有啟發嗎？民間文藝家還總結出了這些英雄史詩中的結構程序，稱為口頭詩學理論。神話學家坎貝爾也把英雄敘事的結構歸納為「聽從召喚踏上旅途—在路上的考驗—帶著啟示回來」三大階段，他認為這三大階段正對應著每個人內心對自我本性的追尋之旅，您在寫作中有這樣的感覺嗎？我還沒系統讀過您寫的英雄敘事詩，很想聽您的分享。

　　席慕蓉：說來也是難得的機緣。我有幸在1989年8月底，第一天抵達北京的時候，就前往中央民族學院，參加了我們古老的口傳史詩《江格爾》漢文簡譯本在北京的發布會。更有幸的是在會場遇見三位從新疆遠道前來，一生以頌唱史詩為專業的江格爾齊。他們那出自本質的莊重肅穆又深沉敏銳的藝術家風範，至今

仍深深刻印在我的心底。

　　後來又兩次前往天山，又獲贈全套六冊的《江格爾》漢譯本，如獲至寶。不過，是一直要到2005年夏秋之間，在新疆博爾塔拉蒙古自治州的草原上聆聽了一次現場的《江格爾》頌唱表演之後，才讓我領悟到，口傳英雄史詩是從母語裡生長茁壯的人間瑰寶，無可取代！

　　那天是慶祝草原節慶的晚會，用母語唱頌出來的史詩《江格爾》加上樂器的伴奏，魅力驚人！雖然只是短短的一小段（與原著的幾十萬行相比的話），卻讓我這不識母語的人也跟著振奮，跟著感動，跟著喝采，在當場成為那個完全投入的聽眾群裡的一分子。

　　但是，在閱讀之時，我必須說實話：我的進度緩慢。我想，詩與歌其實與母語是不可分離的。將口傳文學中的英雄史詩譯成另外一種文字之後，對學者應該是很好的研究資料。可是對於我這種普通讀者來說，就有點「隔」了！

　　所以，每一個民族的口傳英雄史詩都是與母語共生的，它的魅力就在其中。要努力讓這樣珍貴的藝術可以傳延下去，就更需要多多保護和扶持在原鄉的江格爾齊！

　　現在，要向您報告的是，我的《英雄時代》這本書裡所依憑的線索，大部分是來自我們的另外一本大書《蒙古秘史》。

　　我閱讀的是臺灣聯經出版的由札奇斯欽教授譯著的《蒙古秘史──新譯並注釋》。

同樣是漢譯本，也同樣是一本深奧的大書，不是我這種無知無識的旁聽生可以完全進入，完全了解的。好在這本書主要是敘述真實的歷史，文字接近報導和記述，譯成漢文比較不會失去原著的太多的魅力。

　　札奇斯欽教授的譯筆加上注釋也很有幫助，其中有些段落又是極為精彩的細節。有時僅僅是原作者的寥寥幾筆就常會呈現出強烈的時空美感，對我是極大的誘惑，就會生發出「非寫不可」的渴望。

　　（真對不起，應該早早寄出的。今天是年假的辛丑年元月初一，等年假一過就儘快寄上。）

　　此刻只好請您見諒，容我先簡單說明一下吧。在《英雄時代》裡，七首英雄敘事詩中的人物都是真有其人，真有其事。那「時空美感」也就是因為是生發自真實的歷史現場，才會令我驚嘆懾服。除了〈鍾察海公主〉一篇是夾雜著傳說與史實的陳述之外，其他六篇應該都算是比較紀實的吧。

　　不多說了，戰戰兢兢，以十年時間寫成的這七首詩，也很希望能得到您的賜教。

　　韓春萍：我看到蔣勳先生給您寫的評論裡說1990年代的臺灣，每個人都開始講自己，因此每個人也有機會學習聆聽他人。是的，您的個人講述匯聚了越來越多人的聲音在其中，質詢的是傳統與現代的衝突，這也是今天的一個普遍焦慮，您找到應對這焦慮的辦法了嗎？

席慕蓉：有些衝突是單獨的個體完全無能為力的。所以，應對這焦慮的方法也可以說是無解。而且衝突並非只在傳統與現代的對立，還有許多許多莫須有的對立也造成了災害。我要向您坦白承認：我找不到應對這種焦慮的辦法，我也渴求智者的昭示。

韓春萍：您是專業畫家，業餘寫詩，卻因詩歌被眾多讀者喜愛，甚至這份喜愛可以延續幾代人，這種受歡迎程度在當代詩人中是極少見的。如果讀者想請您用幾句話來概況詩歌與人生的關係，您怎麼說？謝謝席老師！

席慕蓉：您這個要求，對我很難呢！我不會用幾句話來概括詩歌與人生的關係。詩有千萬種面貌與質地，而我自己就有千百種看法，互相矛盾，互相牽扯，說不清楚。

不過，今夜是辛丑年的大年初一之夜，過年前的種種忙亂暫時停歇了，我有時間可以翻找舊資料，突發奇想，一來謝謝您的耐心容許我以書面回答。二來向您道歉我因不會打字，只好讓您辛苦辨認這些混亂的字跡。所以，我來手抄兩首自問自答關於「詩」與「人生」關係的拙作好嗎？三來就以此向您拜年。借用齊邦媛先生的句子，祝您新年如意思豐文富！

（訪談人：韓春萍／長安大學人文學院副教授）

（一）如果有詩

是誰規定一首詩的發想
必然要依循前人？

我自身的困惑　難道
就不會自己去提問？
生命難道不能自生自長？
許多豐美的線索
難道不能只是來自那最深處的荒莽？

如果有詩　關於它的來處我一無所知

字句透過顫抖的筆尖源源湧現
燈下的我　今夜只負責書寫
是詩　是詩自己在決定這一切

2016・12・21　冬至（尚未發表）

（二）寫一首詩

寫一首詩　或許
無助於揭露人生的真相
倘若答案都早已由他人制定妥當
寫詩的我們　只能靜靜轉身　作別
隱入那朦朧的光

或許　一首詩最好活在邊緣
在暮色深處　在似乎是陌生的異地
等待多年之後有人重新撿起

那時　所有的過往都已奔流在川上
唯有　唯有一首詩
可以因它的猶疑它的躊躇它的萬般牽連
而擱淺……
在我或你的腳下　眼前
方才開始凝神細讀

在那荒涼寂靜　礫石滿布的岸邊

2019・10・18（已發表，尚未成集。）

國家圖書館出版品預行編目資料

執筆的欲望 / 席慕蓉 著. -- 初版. -- 臺北市：圓神，
2022.12
　　208面；17×23公分. -- （天際系列；005）

　　ISBN 978-986-133-853-8 （精裝）

863.4　　　　　　　　　　　　　111017439

www.booklife.com.tw　　　　　　reader@mail.eurasian.com.tw

天際系列 005

執筆的欲望

作　　者／席慕蓉
發 行 人／簡志忠
出 版 者／圓神出版社有限公司
地　　址／臺北市南京東路四段50號6樓之1
電　　話／（02）2579-6600・2579-8800・2570-3939
傳　　真／（02）2579-0338・2577-3220・2570-3636
郵撥帳號／18598712　圓神出版社有限公司
副 社 長／陳秋月
主　　編／賴真真
責任編輯／吳靜怡
校　　對／吳靜怡・歐玟秀
美術編輯／劉鳳剛
行銷企畫／陳禹伶
印務統籌／劉鳳剛・高榮祥
監　　印／高榮祥
排　　版／陳采淇
經 銷 商／叩應股份有限公司
郵撥帳號／18707239
法律顧問／圓神出版事業機構法律顧問　蕭雄淋律師
印　　刷／國碩印前科技股份有限公司

2022年12月　初版

定價490元　　　　　　ISBN 978-986-133-853-8